忘れ得ぬ俳人と秀句

坂口昌弘 SAKAGUCHI Masahiro

東京四季出版

忘れ得ぬ俳人と秀句◆目次

装幀　高林昭太

忘れ得ぬ俳人と秀句

榎本星布　　蝶老てたましひ菊にあそぶ哉

榎本星布は享保十七年（一七三二）、現在の東京都八王子市に生まれ、文化十一年（一八一四）、八十三歳で没した。八王子市の大義寺の墓に眠る。大義寺は「俳句四季」の「一望百里」の執筆者・二ノ宮一雄の菩提寺であり、彼の著書『花いちもんめ』には星布論がある。彼の案内で星布の墓参りをしたことがある。〈凡そ天下に去来程の小さき墓に参りけり〉と高濱虚子に詠まれた嵯峨野の向井去来の墓は小さいが、星布の墓はさらに小さい墓であった。墓は無縁仏となっているものの寺が特別に管理しているのは、東京都北区田端の大龍寺にある正岡子規の無縁仏と同じである。墓の管理費を払う縁故者が無くなると無縁仏となり処分されるが、寺の住職の厚意で墓が維持されている。

星布は芭蕉を師系とする白井鳥酔《ちょうすい》の門に入り、鳥酔没後は六歳下の加舎白雄《かやしらお》を師とした。六十歳の時に出家し尼となっている。江戸時代の女性俳人には尼になる人が多かったという。小説家の佐藤紅緑《こうろく》は『俳句小史』の中で「古今女流の俳人中で彼れに及ぶものは一人もなかろう。千代の如き園女の如き其足元へも寄られぬ」と激賞した。山本健吉もこの本を読んでいて、「すぐれた女流俳人」と述べている。近代・現代の俳人に比べても遜色がない。

人恋し雪の朝気（餉）をたゞひとり　　星布

人恋し灯ともしころをさくらちる　　白雄

星布の句は師・白雄の影響を受けている。どちらの句も、現在の俳句誌に掲載されていても違和感はない。師の白雄が五十四歳で没した年に、星布は六十歳で尼になっていた。「二人の間に何かがあったように見る向きもあるが、まことは如何であろうか」と上野さち子は『女性俳句の世界』で述べる。白雄は生涯独身の僧形であり世俗に妥協せぬ純粋な詩人だったといわれる。白雄の句は「異性への恋慕《れんぼ》と解しても一向に差支えない」と矢島渚男は『白雄《しらお》の秀句』にいう。

独りだけで暮らし食事をする淋しさから人を恋しく思った句のようである。

蝶老てたましひ菊にあそぶ哉　星布
うぐひすを魂にねむるか嬌《たを》柳　芭蕉
君やてふ我や荘《さう》子《じ》が夢心
たましひのしづかにうつる菊見かな　蛇笏
白菊の魂とぶ寒の月明り　龍太

星布の引用句は蝶と魂と菊がテーマである。老いた蝶の魂は菊に遊ぶ。蝶は星布の魂の象徴である。魂と菊の関係は飯田蛇笏と飯田龍太親子の句に見られ、星布は先駆者である。星布の句〈長き夜や夢にかたりし遠つ人〉の前書きに「花胥《かしょう》の夢、荘子蝶、俳にあそびてわれに友かきすくなからず」とある。「花胥の夢」とは、中国の黄帝が夢の中で花胥という国へ行き、そこは平和な理想郷であったため、夢から覚めて、黄帝はその国にならい自分の国を治めたという説話である。「荘子蝶」は、荘子が夢の中で蝶となり、蝶が本当の自分なのか、夢から覚めた自分が本当なのかという問う話である。星布は芭蕉の系譜にあった。前書きの文章は、星布が荘子に関心があった証拠である。『荘子』は近世の俳諧師には必読であり、当時のベストセラーだったという。芭蕉は荘子を神のように尊敬し深い影響を受けていたことに、現在の芭蕉研究者はあまり触れていないようだ。芭蕉の軽みは荘子の無為自然を追究した境地であるが、その思想の影響が辿れないほど芭蕉は無為の心境で俳句を詠んでいた。

引用した芭蕉の句は、夢の中で魂が鶯となって柳が眠っているのかという意味であり、荘子の「荘周、夢に胡蝶となる」を踏まえる。「魂魄が離散しようとするとき、肉体もそれに従って、大いなる本源に回帰する」「聖人とは、精神は純粋で、魂は疲れを知らない。己を虚しくして拘泥するところがなく、無為自然に合致する」と荘子はいい、体を離れる魂と体の中の精神としての魂を語る。『猿蓑』序文で宝井其角《たからいきかく》は「猿に小蓑をきせて、俳諧の神を入れたまひければ」「句に魂の入らざれば」と書く。幸田露伴は『評釈　猿蓑』で、「神もたましひの義なり」「魂とは精神霊気と云はんが如し」という。日本文化では霊・魂・神の漢字の意味に違いが少ないが、和歌・連歌・俳諧に通うものは詩歌魂であり、魂は目に見えないため、蝶や花となって詩歌に登場する。

撫子に蝶々白し誰の魂　子規

凍蝶の己が魂追うて飛ぶ　虚子

蝶が魂の象徴として詠まれた句は近代・現代俳句にもみられる。子規や虚子が客観写生の俳人だというのは俳句史の大きな誤解である。子規・虚子も蝶の魂をテーマとする点において、アニミストであったことは、子規・虚子の研究者はあまり論じない点である。

散《ちる》花《はな》の下《もと》にめでたき髑《どく》髏《ろ》かな　星布

ゆく春や蓬《よもぎ》が中の人の骨

「桜の樹の下には屍体が埋まっている」　基次郎

世阿弥来て櫻の下の骨掘るや　春樹

「散花」の句には、「願《ねがわ》くば花のもとにて我死《しな》ん其きさらぎの望月の頃、もち月のころとうち吟じて」という前書きがある。桜の花の下で死にたいと詠んだ和歌の通りに西行は亡くなったため、西行の歌は有名になった。その時期に合うように自決したという学者の説があるほどである。芭蕉が西行を尊敬したから星布も西行の歌を前書きに引用したようだ。桜の下の髑髏は、梶井基次郎の短編「桜の樹の下には」の言葉、「桜の樹の下には屍体が埋まっている！　これは信じていいことなんだよ」という文章を連想させる。詩人・歌人・俳人に影響を与えてきた短編である。また星布の句は角川春樹の句を連想させる。美しい花の下の骸骨や死体は生命の無常を思わせるが、人体の土葬は桜の樹木と花の養分になったという。

野ざらしを心に風のしむ身哉　芭蕉
骸骨のうへを粧《けはひ》て花見かな　鬼貫
狐《きつね》火《び》や髑《どく》髏《ろ》に雨のたまる夜に　蕪村

星布の骸骨の句は、芭蕉、上島鬼貫、与謝蕪村の句の系譜にある。芭蕉は荘子の影響を受けて、四十一歳で「野ざらし紀行」に立つ時には、野たれ死んで髑髏になる覚悟をし、秋風が心にしみ入ると詠む。鬼貫の句は、うわべは着飾って花見をしていてもその実態は、骸骨が花見をしているのと同じだという考えを表す。一休の『一休骸骨』にいう「そもそもいづれの時か、夢のうちにあらざる、いづれの人か骸骨にあらざる」という思想の影響がある。蕪村の髑髏は、芭蕉や鬼貫の影響である。

人は最後には髑髏となるという無常の思いは、日本の俳句史・文学史・宗教史を貫道する。人は短い人生の果てに髑髏になるからこそ自然が美しく、俳句にその美をとどめようとする。

村上鬼城　冬蜂の死にどころなく歩きけり

村上鬼城は慶応元年(一八六五)、江戸小石川に生まれ、昭和十三年(一九三八)、七十三歳で没した。正岡子規に学び、「ホトトギス」に投句し、高濱虚子に認められ同人となった。耳が不自由で、「心耳」という言葉を座右の銘としたため「心耳の俳人」と呼ばれた。

鬼城を高く評価したのは大須賀乙字である。乙字が三十六歳、鬼城が五十三歳の時に、乙字編『鬼城句集』を刊行した。

乙字は句集の「序」で、「芭蕉を俳聖と呼ぶ所以のものは、彼の句に其境涯より出でて対自然の静観に入つて居るものが多いからである」「古来境涯の句を作つた者は、芭蕉を除いては僅に一茶あるのみ」「明治大正の御代に出でて、能く芭蕉に追随し一茶よりも句品への優つた作者がある。実にわが村上鬼城氏其人である」「何物を詠じても直に作者境涯の句となつて現はれる」と称賛している。

鬼城の句集には虚子の序文もあり、「老大家の観を為してゐる」「同君の皮肉は、其忠直なる真面目の心からほとばしり出るのである。其人を刺すやうな刺の先には一々暖い涙の露が宿つてゐる」「同君の句を読むものは、不具、貧、老等に深い根ざしを持つてゐて憤りも、悲しみも、嘆きも乃至慰籍も安心も、総てそこから出立してゐることを明らかにするであらう」という。

山本健吉は『現代俳句』で、一茶と鬼城を比較して厳しい批評をしている。乙字が「一茶よりも句品が優つた」と評したことに対して、「一茶のような鋭い皮肉や、反抗的身ぶりは認められない」「一茶のほうがはるかに妄執が激しく、それだけ人間的苦悩も深刻で、現われ方も一途であり、作家的・人間的魅力において数等たちまさっている」と一茶を高く評価する。

俳人の評価が批評家の主観によって異なる例である。俳句の鑑賞・理解において、どちらが優れているかを議論することよりも、おのおのの良い句を選んでその長所を味わうことが大切であろう。ただ、乙字と健吉は評論家としての立場からの意見であるが、虚子の場合は「ホトトギス」の同人としての立場を考えての作品批評であるから、長点を伸ばすという教育者の立場をみせている。

冬蜂の死にどころなく歩きけり

鬼城についての評価が、乙字、虚子、健吉の優秀な批評家三人で異なったように、一句の鑑賞においても異なる。

「冬蜂」の句について乙字は、「何ぞ陰惨なる」「作者の影である」「氏の写す自然は奇抜の外形ではなく、深く其中核に浸透したる心持であるから、一見平凡に見えて実は大威力を蔵して居る」と評す。

虚子は、「仕方がなしに地上なり縁ばななりをよろよろと只歩いてゐるといふのである。人間社会でもこれに似寄つたものは沢山ある。否人間其物が皆此冬蜂の如きものであるとも言ひ得るのである」と乙字よりは具体的である。健吉は、「彼の生物への愛情には、どこまでも自己憐憫の影がつきまとう。こういう点が鬼城の句の小乗性であり、世界の狭さであろう」と厳しく評する。乙字と虚子が褒めていたことを知った上で、健吉は意図的に批判しているところがあるようだ。乙字は具体的な句の印象を普遍的な俳句論のレベルに高めようとした評論家であった。批評というのは、作品を無心で客観的に論じるというよりも、批評家自身の主観的感想が反映されるものであるという例である。乙字は、子規、虚子、河東碧梧桐に対して厳しい批評を残したが、鬼城に関しては高く評価していた。

闘鶏の眼つぶれて飼はれけり

鬼城は耳が不自由だったためか、眼がつぶれた闘鶏に同情する。読者としては長所や短所を誇張せず、虚心に作品をそのまま詠まれた通り理解するだけでいいのではないか。境涯俳句といえどもいつも自らの不幸な境涯ばかり詠むわけにはいかないから、動物に自己を投影することはやむを得ない詠み方である。

行春や憎まれながら三百年　鬼城

四十七人の刺客義士の日とは笑止　宗也

鬼城は在西尾の富田うしほや浅井以外らが同人であった「山鳩」の雑詠の選をしていたため、西尾の吉良上野介の菩提寺を訪れ吉良の句を詠んだ。「若竹」を創刊した富田うしほを義祖父とする加古宗也も吉良びいきの句を詠んでいる。「忠臣蔵」ファンであった読者には、吉良びいきの人がいることは驚きである。歴史には両面があることを知らなければいけない例である。俳句論でも一方的な意見は疑ってみる必要がある。

元日やひそと住みたる耶蘇教師　鬼城

何の彼のと銭がいるなりお正月

日本人は一般的に元日を祝うが、キリスト教国の人々は元日よりもクリスマスや復活祭を祝う。鬼城は、耶蘇教師が元日には寺社参りをせずにひっそりと過ごす様子を詠んでいた。二句目は一茶の句〈御仏や寝てござつても花と銭〉や〈ねはん像銭見ておはす顔も有〉を連想する。一茶は仏教の影響を受けていたという評論があるが、一茶は仏教や僧侶をからかう句を多く残し、仏教を信じてはいなかった。一茶は貧乏であったから、銭を求めて働く僧侶を揶揄していたことは『毎日が辞世の句』で論じた。鬼城は僧侶を揶揄したわけではないが、正月には金銭が必要だと率直に詠んでいる。

鬼城が正月に対しての思いを書いた文章が『村上鬼城全集　第二巻』にある。伊勢神宮の神官であった守武の句〈元日や神代の事も思はるゝ〉について鑑賞し、鬼城は「神主でなくとも、元日の心持といふものは、単なる暦上の一日の心持ではなく、暦日を超越した一日、恰も、これ天上の一日であつて、此一日は、人間にして人間にあらず、神にして神にあらず、神が人間に宿り、人間が神性を発揮し善も思はず悪も思はず、三千年来、神代の生活に還り、我も彼も、同じ雑煮を食つて、同じ心に生きる。(中略) 守武ならずとも、誰しも、神代のことが思はるゝ」と述べる。

経済的に苦しくとも、正月を祝うことと神への祈りを忘れない思いであり、現代ではすでに忘れられつつある思いである。元日に神々に祈る風習は今日無くなってきているようだ。若い人が俳句から離れ、俳句人口が高齢化して減少していることと、全国的に神社や寺が少なくなっている現象とは無関係ではなさそうだ。

生きかはり死にかはりして打つ田かな
誰も死に彼も死にたる薊かな
念力のゆるめば死ぬる大暑かな
死に死にてこゝに涼しき男かな
送火やいつかは死んで後絶えん

死を思へば死も面白し寒夜の灯

鬼城には生死に関する句が多い。農民はいつまでも田を耕していかなければならないという宿命を詠む。農民だけでなく、人間は死ぬまで働き続けていかなければならない運命・宿命があることを思わせる。鬼城は長く高崎に暮らしたから死者が出るような猛暑を経験していたのであろう。精神力で猛暑を乗り切らねばならないと思っていた。四季への思いは大切である。暑さ寒さは人の生命に影響する。俳句に四季感があるのは、四季の気温が人間だけでなく動物・植物の命に重要な影響を与えるからである。

鬼城は、人が死ぬことや、自らがいつかは死ぬことについては、諦めの思いを持っていたようだ。荘子や芭蕉のいう造化随順の気持ちである。その諦めの果てに「死も面白し」と生死を超越した思いを詠んでいる。一茶のように人生に対して恨みつらみの我執を残した句よりもむしろ、鬼城の生死の句は現代人には納得できるのではないか。

松瀬青々　　日盛りに蝶のふれ合ふ音すなり

松瀬青々は明治二年（一八六九）、大阪市に生まれ、昭和十二年（一九三七）、六十七歳で没した。二十八歳の時に「ほとゝぎす」（改名前）に入選し、二十九歳の時に「ホトトギス」で正岡子規から「大阪に青々あり」と賞賛された。三十二歳の時に「寶船」を創刊・主宰した。「寶船」を改題し「倦鳥《けんちょう》」とする。細見綾子と共に「倦鳥」の俊英であった右城暮石は「筐《かたみ》」を創刊し後に「運河」と改名した。青々の俳句史における優れた業績は、水原秋櫻子以前に客観写生句に対抗して主観句を唱えた先駆者であることだが、現在、忘れられている。

　　日盛りに蝶のふれ合ふ音すなり
　　しぐれにも音はあるもの雪の聲

一句目は青々の代表句である。夏の蝶がもつれ合い、触れ合った時の音を聞く。松尾芭蕉の句、〈古池や蛙飛《とび》こむ水のおと〉〈閑《しずか》さや岩にしみ入《いる》蟬の声〉を連想する。蛙が古池に飛び込む時には音が聞こえないという人や、蟬の声が岩にしみ入ることはないと思う人がいる。しかし、蛙という小動物が池の水に飛び込めば何らかの音を立てるように、蝶の翅と翅が触れ合えば音波が発生するのは物理的真理である。青々の句の「ふれ合ふ音」もかすかな音が聞こえたと解釈した方が納得できる。蝶の求愛の音であろうか。青々は時雨にも雪にもかすかな音や声を聞くことができた。俳句で詠まれる声はかすかな命の働きである。

夕立は貧しき町を洗ひ去る　青々

木綿着て豪華はすてぬ牡丹哉

月天心《てんしん》貧しき町を通りけり　蕪村

青々の句は「貧しき町」の言葉が共通するから与謝蕪村の句を意識していよう。子規が芭蕉をけなして蕪村を持ち上げていた頃だから、青々も蕪村を意識していたようだ。

蕪村の句では、月は天の中心で輝き、その下には自らが貧しく暮らす町があると詠む。「月天心」という言葉は、漢詩の「月至天心」を踏まえているが、月光の輝きは蕪村の詩的精神の輝きである。青々の句は、夕立の強い雨が町を洗い流したと解釈できるが、むしろ貧しき町への偏見的な見方を洗い流したと理解できる。貧しき町は経済的には貧しいけれども、精神的には卑下することなく毎日を真剣に生きているという思いである。経済的な貧富の差だけで人間を判断する偏見を洗い流したようだ。「木綿着て」の句もまた、暮らしは貧しくとも心が貧しくなければよいという考えであろう。

色好む我も男よ秋の暮　青々

蕪こそ肥えて美人に似たりけれ

埋火がほのとあり閨なまめきぬ

青々は『源氏物語』を好み読んだという。色好みに関心があったことを正直に詠む。蕪のような白いふくらみのある女性が好きだったと想像する。闇の中にほんのりと燃えている埋火が閨のなまめかしさを暗示する。

四方拝禁裡の垣ぞ拝まるゝ

風と俳句の有季定型には深い関係がある。日本の天皇が元日に四方拝をして四方・四季の神に祈ることは、中国の皇帝が四方拝をして五穀豊穣と国家安寧を祈ったことに倣う。六四二年には皇極天皇が天と四季の神に祈っていた。『礼記《らいき》』には「天地四方を祀る」とあり、四方拝では、東西南北・春夏秋冬の四方・四季の神と天の北極星(天皇・太一と呼ばれる)の神に祈った。四季は四方からの風の神がもたらした。俳句が有季定型であるのは四方拝がルーツの一つだからである。拙著『俳句論史のエッセンス』や『秀句を生むテーマ』の中で仮説として詳しく論じたので参照してほしい。短歌や俳句が五音と七音だけから構成され、『万葉集』に四季部立があり、発句・俳句に季があることは歴史上、誰も解明していない。飛鳥時代に日本文化・文学の基礎が出来たが、そこには古代の中国文化・文学の深い影響がある。

蟬の羽根これも佛法不思議かな
大和《やまと》岡《をか》寺《でら》菩《ぼ》薩《さつ》の子なり蛙子《かへるご》も
飛鳥《あすか》なる田溝にひろふ蜆《しじみ》かな
御佛の呼び声がする蕎麦湯かな
藤の里に神と鎮まりたまひけり
裏白は何か神代を思はする
神人の心一ッ突に春へ春へ

青々は神仏両方に関心があった。蟬の羽根に生命の不思議を思うことは「草木国土悉皆成仏」の思想である。草木国土は全て生まれながらに仏性をもつという大乗仏教の考えは、中国で仏教を広めるために荘子の思想を取り入れたものであるが、日本の仏教学者も僧侶もあまり語らないようだ。荘子は植物・

動物・土にも生命の根源として共通の命があり、万物は平等・一体だと説いた。荘子の「万物斉同(万物平等)」「万物皆一(万物一体)」の考えを中国の仏教が取り入れた。大和の岡寺では蛙の子も観音菩薩の子なりと青々は思う。飛鳥の田溝で拾った蜆にも生命を感じる。万物に同じ命・魂があるという荘子の考えが仏教に取り入れられて、命を拝む宗教となった。インド発生の釈迦の仏教は戒律が厳しく、人は性欲や飲酒を無くせず釈迦の仏教は廃れた。妻帯飲酒を認める日本の大乗仏教は釈迦の思想とは関係がない。青々は「御佛の呼び声がする」と思うほど仏を信じていた。一方で神々にも仏と変わらず祈った。裏白は神々の代を思わせ、神と人が一体の春を思っていた。日本文化と宗教における神と魂については『秀句を生むテーマ』の「神」と「魂」の章で詳述した。

月見して如来の月光三昧《ざんまい》や

月の中に李白明恵もおはしけり

人間に見えぬ月にて嫦娥笑む

「月見して」の句は絶句であるが、釈迦の戒律仏教ではなく、心が月光のように美しく清らかになることを念じた美的宗教である。月光の中に、道教の道士であった李白と月光に魂を魅せられた明恵の心を思う。月が見えない時には、道教での月世界の女仙・嫦娥が俳人を笑うというユーモアを詠む。

凍りあふて何を夢みる海鼠《なまこ》哉　青々

春たつやどこがどこかとも無けれども

能登の國を桃源と思ふ桃見ては

渾沌をかりに名づけて海鼠哉　子規

無為にして海鼠一萬八千歳

石に寝る蝶薄命の我を夢むらん

青々の「夢みる海鼠」の句には子規の海鼠と夢の句の影響がある。写生論を唱えた子規は、実作では主観句を多く残した。子規は学生の時に老荘思想の論文を書き、荘子ほど面白いものはないという。芭蕉は荘子を「尊像」といい神のように尊敬した。子規は「老子」と前書きした句で、海鼠を渾沌や無為の思想の具象化したものと詠む。海鼠を見て不思議な生命の渾沌を思い、海鼠の生態を「無為自然」と観じた。老荘は自然の渾沌をそのままに理解した。造化随順・四時(四季)随順の思想である。また夢でみる蝶が本当の私か、目のさめた私が本当の私かという荘子の「胡蝶の夢」には、芭蕉も子規も惹かれた。青々は蝶の代わりに海鼠の見る夢をテーマとした。立春に無為の心を詠むのも率直である。父の故郷・能登を桃源郷と思う。道教のユートピアは桃源郷でありこの世の仙境である。日本文学や俳句史における老荘思想や道教の影響は深いけれども、日本文化は日本独自だと思う人には理解されてこなかった。

みそさゞいが生きてゐるので我もよし　青々

蟬も蛾も入り來て我に遊びけり

嫉妬なき艸と艸との花野かな

ミソサザイ(鷦鷯)は雀より小さく、渓流の歌姫と呼ばれ鳴き声が美しい。美しい自然の命がこの世に存在しているだけで、人として生きる価値があるように思う。花鳥風月と一体となって遊ぶことが大切である。旅や観光の本当の目的も自然と遊ぶことである。花野には嫉妬はない。自然と遊ぶことが、俳句がこの世に存在する最も根源的な理由であろう。

渡辺水巴　　白日は我が霊なりし落葉かな

渡辺水巴は明治十五年(一八八二)、東京市に生まれ、昭和二十一年(一九四六)、六十四歳で没した。十九歳の時に内藤鳴雪の門下生となり、高濱虚子に師事し、三十二歳で「ホトトギス」雑詠の代選をした。三十四歳で「曲水」を刊行・主宰する。父・渡辺省亭は花鳥画の大家であり、父の庇護を受けて水巴は生涯、職を求めなかった。「ホトトギス」を代表する俳人の一人であり、主観写生を提唱した。現在、水巴が詩魂の俳人であったことは忘れられているのではないか。

白日は我が霊《たま》なりし落葉かな　　水巴

山風は荒御魂飛ぶ梅白し

新緑やたましひぬれて魚あさる

菊人形たましひのなき匂かな

月輪に万霊こもる霜夜かな

影落して木精あそべる冬日かな

水巴は「たま」「たましひ」をテーマにした句が特徴的である。「ホトトギス」は全てが客観写生句であると誤解されてきた。虚子が評価した句には、水巴のような主観句があったことが忘れられつつある。水原秋櫻子はもともと虚子の主観句に魅せられて「ホトトギス」に入ったけれども、虚子が客観写生を唱えだしたために「ホトトギス」を出たのであり、新興俳句とは無関係であった。虚子が主観性を評価し続けていれば秋櫻子は離れることはなかったのである。水巴や飯田蛇笏は秋櫻子よりもはるかに主観的であった。

「白日は」の句は水巴自らが代表句としている。神と魂の存在と非在はどちらも理性では証明できないと哲学者のカントは説く。魂を語るのは信仰の人か詩人か哲学者である。客観写生句の多い俳壇では、魂を詠むこと・語ることは避けられてきた。水巴が自解した文を加藤楸邨は「渡辺水巴論」で紹介している。

「静寂境に無遍の霊光を放っている其の白日の玲瓏さ、荘厳さに私はハタと打たれて恍惚と佇んでいる」「ああ肉体に宿っている霊魂《たましい》というものは、一体どんなものであろうか。それを直覚に明確に早わかりに認めたいという望みは茲において遂げられた」「白日は我が霊であると同時にまた宇宙の本体である」という言葉は、水巴が宗教的な詩人であることを証明するとともに、水巴の言葉に共鳴した楸邨もまた霊性を抱えていたことを意味する。西行をはじめとして、月光に対して魂や霊を思う歌人や俳人は多いが、太陽に対して霊魂を感じる人は稀有であり水巴はその一人である。

水巴・楸邨のような詩魂を持つ俳人は昔も今も少ない。初期の頃の虚子が高く評価したのは水巴の主観性・霊性であったことも忘れられている。自然は目に見えた自然だけではない。自然の奥に「荒御魂」「万霊」「木精」の霊性を見たのは虚子や水巴であった。虚子は俳句を多くの人に広めるために自らの主観的志向を表面上は抑えて客観写生を説いたため、俳句史では長く誤解されてきた。

秋晴や岬の我と松一つ

道の邊に暮るゝ野菊と我とかな

これらの句について虚子は「進むべき俳句の道」の水巴論において、「冷かなる客観の叙写では無くて、自然物を恰も生物の如く見た心持が十分にある」と評する。この評に続いて、虚子は魂・神の句について触れる。

花鳥の魂遊ぶ繪師の晝寝かな
神の魚族日々に釣らるゝ霞かな
山百合に雹を降らすは天狗かな
山神の御遊にふれそ月の人

「凡て自然界に或精靈を認めたやうの傾のあるのも、矢張り前の無生のものを有生のものゝ如く見るのと同じ傾向とせねばならぬ」と虚子は高く評する。

虚子の評論「進むべき俳句の道」は、俳句史においてもっとも優れた俳人論・作品論の一つであり、評論史においては、山本健吉の『現代俳句』に並ぶ優れた評論である。本質的な評論・批評とは、時評・伝記・技巧論ではなくて、優れた作品を選び、なぜその作品が優れているかを論じることができる俳人論・作品論である。虚子が水巴・村上鬼城・飯田蛇笏・前田普羅・原石鼎等多くの優れた俳人を育てることができたのは、ひとえに虚子の選句眼とその評論にあった。

水原秋櫻子が「進むべき俳句の道」の虚子の俳句観に感銘をうけて「ホトトギス」に入ったことは忘れられている。秋櫻子が新興俳句を始めたという間違った意見は秋櫻子自身も否定した。広い意味では秋櫻子もまた伝統俳句の系譜の中にあることが、正しく理解されないようになってしまった。

虚子も晩年は主観と客観の混在した主客一致の俳句観を唱え、俳壇全体もリアリズム偏重になり、また反・虚子の立場の評論が多く書かれるようになり、虚子の主観性は語られなくなってきた。

虚子が晩年説いた「花鳥諷詠」の本質がすでに水巴論で語られている。「花鳥の魂遊ぶ」の句の言葉が花鳥諷詠の本質であった。風月のような命のないものにさえ命・魂を感じることが花鳥諷詠であり、稲畑汀子が洞察した虚子句のアニミズムであった。私が『毎日が辞世の句』『秀句を生むテーマ』で述べたように、東洋詩歌に多いアニミズムのルーツは、荘子の「万物斉同（万物平等）」に遡ることができる。植物・動物だけでなく、無機物の万物に生命の根源の魂という「道《タオ》」があると説き、中国の大乗仏教に深く影響して草木国土悉皆成仏の思想となった。釈迦は魂の存在を無記といって否定し、大乗仏教は釈迦の仏教とは全く異なるものであった。

俳人が自然に惹かれるのは自然の生命の根源にある魂の働きに惹かれているからである。自然の神秘的な生命の働きは四季の自然の姿に見られる。神秘な働きが神と呼ばれた。人間だけでなく動植物の命の働きに不思議・神秘さを感じない俳人はいないであろう。神秘という言葉の通り、あらゆる生命が神秘であることを四季それぞれの現象を通じて言葉にすることが俳句の重要な使命であろう。万物の命が不思議であり、神秘的であるからこそ俳句の存在価値がある。

友の肺に月夜沁むかも草の花　水巴
しんしんと肺碧きまで海のたび　鳳作

篠原鳳作の句は無季だが、有季・無季にかかわらず、肺に月光が沁みこむ水巴の句と海の青さが肺に沁みこむ鳳作の句にポエジーとしての同質性がある。有季・無季にかかわらず、秀句・佳句には、自然と俳人の魂の間には浸透性がある。肺というのは比喩であり、詩魂を象徴する。

鳳作は無季句を作ったために新興俳句とレッテルを貼られているが、鳳作の秀句の内容は自然の魅力の表現にあり、レッテルとは無関係である。鳳作は芭蕉を尊敬し、自然に籠もる霊的な存在を信じた俳人であることは忘れられている。個人個人の俳句の表現内容を無視して、反・虚子というだけの間違った乱暴な見方で新興俳句という大まかなレッテルを貼ると、俳人にユニークな作品の良さを見失う。

月光の神秘さが水巴の肺(魂)に沁みるように、海の青が鳳作の肺(魂)に沁みとおる。

かたまつて薄き光の菫《すみれ》かな　水巴

「鹿野山にて」の前書きがあり、山上に句碑があるという。実際に山上には菫が咲くと山本健吉はいう。「光の菫」という言葉が美しい。「菫」だけでなく「光の」という形容がこの句を秀句にしている。菫の可憐な花の命が「光」に輝いている。松尾芭蕉の〈山路来て何やらゆかしすみれ草〉や、夏目漱石の〈大和路や紀の路へつづく菫草〉〈菫程な小さき人に生れたし〉といった菫の花を詠んだ秀句に通うものがある。

光は俳句では生命の輝きの象徴である。荘子はそれを葆光と呼び、荘子を尊敬した芭蕉の「見えたる光」に影響した。物理的な光は詩人の心の中で精神的な光へと変貌する。物理的な光は一瞬の現象であるが、精神的な光は言霊となって作品の中に長く命の輝きを放つ。俳句に表現された光は精神的であり、生命の根源としての光となる。

てのひらに落花とまらぬ月夜かな

蒼白きものふるへ来る月の霜

月光にぶつかつて行く山路かな

句碑照りて明らかに死後の月夜かな

白日は太陽の光であり、太陽光に自らの魂の姿を見る俳人は水巴だけであったように思う。優れた俳人・歌人は、月光に魂・霊を見る。これらの句では月光を霊とは形容していないが、実体は月光が霊的な光を放っている。「蒼白きものふるへ来る」「死後の月夜」は水巴の魂にそそぐ月光の霊を表す。日常生活に忙しい一般の人々は月光に思いを寄せることは少ない。詩魂を持っている人だけが月光の神秘に反応する。『万葉集』から現代俳句まで、月の光はポエジーとなって詩魂に宿る。ポエジーを持つかどうかは、月の光が俳人の心に宿るかどうかである。

朝顔の色を忘れし白さかな
じやがいもの花白し焦土たづねたき
大風の夜を真白なる破魔矢かな
白う咲いてきのふなき蓮かな

水巴は「白」に霊的な感性を込めていた。白も色には違いないが、色を忘れるほどだから白色は透明のようであった。焦土というのは震災で亡くなった人々の魂の象徴であろう。破魔矢のルーツは『荊楚歳時記』に見られる。古代中国では桃の木で作った弓と矢は魔や悪霊を祓った。白い矢が悪霊を祓う。白い蓮の花は、咲いている時間が短いが故に、日中みられず存在感がないが、歴史的時間を超える霊的な花のようだ。

前田普羅

奥白根かの世の雪をかがやかす

前田普羅の生年には明治十七年(一八八四)と明治十八年の二説あり、生地も東京と横浜の二説ある。昭和二十九年(一九五四)に没した。大正元年に「ホトトギス」に投句し、高濱虚子に「大正二年の俳句界に二人の新人を得たり曰く普羅、曰く石鼎」と高く評価されて代表作家となった。昭和四年に「辛夷」の主宰となる。山岳俳句の作家として有名となった。

現在の「辛夷」主宰・中坪達哉には優れた著書『前田普羅　その求道の詩魂』があり、顕彰に努めている。

奥《おく》白《しら》根《ね》かの世の雪をかがやかす

飯田蛇笏を訪ねた時に詠まれた「甲斐の山々」の中の一句である。「奥白根」の言葉は普羅の造語という。「かの世」という言葉がこの句を忘れられない不思議な印象の句にしている。「この世の雪」ではなく、なぜ「かの世の雪」と詠んだのだろうか。山本健吉の『現代俳句』では「こういう句に対してあまり贅語を費やしても無駄だ」といい、解説はない。普羅の句の多くは客観写生であるから、「かの世」を死後の世界と解するような句は詠まれていない。想像の句であっても、この世のイメージである。かの世の雪とは、遠いかなたの山の雪であるように思える。死後の世界の山や雪を幻想したのではないだろう。しかし、なぜかこの世という現実の雪ではないような印象を与えて、不思議な句である。ロマン性がある。「かがやかす」という言葉の意味も分かりにくい。何かが何かを輝かせている意味であるが、かの世の雪がみずから輝いているようである。中坪は「普羅の祈りにも似た憧憬が吐く言葉」という。純粋無垢な祈りが込められている。「俳句は祈り」と私は繰り返し述べているが、自然への存問も挨拶も祈りの一種であろう。高い山に雪が積もり輝いているイメージが永遠の平和であるかのように祈っている。

乗鞍のかなた春星かぎりなし

「かの世の雪」の「かの世」とは、詠んだ場所は異なるが、この句の「かなた」に近い意味であろう。この句の「かぎりなし」という言葉も正確にはとらえがたい。星が無数に輝いている風景であろうが、単に空間的なイメージだけではなく、時間的な無限性をもって輝いているような印象を与える。過去も未来も永遠に山のかなたには星が輝き続けているようだ。山を詠むことは特に新しいテーマではないが、普羅の句は時代を超えていつも新しく永遠に輝いている。一見新しく見える句や社会のニュースのような題材を詠む句は、詠まれると同時に古くなる。取り上げた二句だけでも、山と雪の輝き、山と星の輝きへの祈りの思いを伴い、俳句史を貫いて残る名句・秀句となる。自然の永遠の美しさを詠むことは平和への祈りに繋がる。反戦句だけが平和希求ではない。花鳥風月を詠むことも平和の希求である。

駒《こま》ケ嶽凍《い》てて巖《いはほ》を落しけり
雪解《ゆきげ》川《がは》名山けづる響かな

これらは想像句であろう。初期の虚子や蛇笏の主観性の強い句に通う。「巖を落しけり」「名山けづる響」の現象を直接見たのではなく想像であろうが、神話的な天地創造の世界を思わせる。目の前に見ていなくとも、巌が落ちることや、川が日々山を削ることは、この世の造化の現象としての事実としてあり得るから、妄想ではなく詩的想像である。

春星《しゆんせい》や女性《によしやう》浅間は夜も寝ねず
浅間山きげんよし春星数ふべく
春の宵北斗チクタク辷るなり

浅間山を詠んだ句だけの句集を編んでいる。「女性浅間」「きげんよし」「辷る」といった言葉は擬人法である。擬人法を嫌う俳人がいるが、自然の本質を言葉では正確に描写はできず、擬人法に依らなければ自然の本質を写生できない。「日本の山嶽の多くに女性の神々が祀られてあるのは、日本の自然がもつ、人々を温く抱きよせ、又これをはぐくむ美しくやさしい心のしるしの一つで無ければならぬ」と普羅は述べる。山を女性のように愛し、山に女性の神を思っていた。男性が自然に対して女性らしさを思うのは、母という女性から生まれたことに依拠する潜在意識的で無為自然の心の働きである。

炭焼も神を恐るゝ夜長かな
空山の常磐木に神いましけり

山を客観的に単なる物として見ることができない理由の一つに、人は山を神と崇めざるを得ない心を伝統的・潜在意識的に持ってきた歴史的事実がある。炭焼が神を恐れると同時に、普羅もまた神を恐れて山を見ていたのである。二句目には『湯かけ祭』の神事を見る」の前書きがある。普羅は「俳句を求むる心が十分に発育を遂げるならば、その人の心は宗教に突入するべきである」という。虚子や蛇笏の俳句には既存の宗教組織とは無縁の自然の霊性・神性が込められていることを『毎日が辞世の句』『秀句を生むテーマ』で論じたが、普羅の句にも純粋な霊性・神性が宿っている。山を神と見る精神はアジア各国に共通するアニミズムである。万物に神や魂が宿ることをタイラーはアニミズムと定義した。

『春寒浅間山』の序に、「自然を愛すると謂ふ以前にまづ地貌を愛すると謂はねばならなかつた。此の山は、此の渓谷は、此の高原は、何故にかく在らねばならなかつたかと思つたのが其れである」「それらの地貌は地球自らの収縮と爆発と、計るべからざる永い時てふ力もて削られ、砕かれ、又沈澱集積されたる姿である」「一つ一つの地塊が異る如く、地貌の性格も又異ならざるを得なかつた」「謂はんやそれらの間に抱かれたる人生には、地貌の母の性格による、独自のものを有せざるを得ないのである」「国々はかくて一つ一つの体系である」という。地貌というのは地理的、時間的、宇宙的なスケールでの思想である。

普羅は山だけでなく、山を成りたたせている造化の体系全てを地貌として愛していた。地球誕生から今日までの山・谷・川・高原を含む国土全体を地貌として愛していた。

羽蟻発つや聖霊のごと輝きて

羽蟻は交尾期に翅が生じ空中で交尾するという。聖霊はもともと東洋的な霊魂であるが、処女マリアが聖霊によってイエス・キリストを身ごもった聖書の想像的な話を連想する。

人殺す我かも知らず飛ぶ蛍

「ホトトギス」に投句を始めたころの主観句であり、俳句作品史においてもユニークな句である。ロシア文学の『鈴』という劇を観ての句である。村長の甥で貧困な小作人が伯父に金を借りに来たので貸したが、返済してくれないと思い、すぐに金を取り戻そうとして殺すというストーリーを知り、普羅も殺したかもしれないと思う。平和な時代に戦争反対をいう人も、国が戦争を始めれば、兵として戦場に出て、人を殺さざるを得ないことを思わせる。自らを善人として、殺人や戦争を悪として戦争に反対する俳人は多い。戦争に反対する人も戦場では人を殺す可能性があることを詠んだ句はほとんど見ない。戦争反対の句は多いが他国の人を殺したことを反省する俳人は少ない。

日焼け濃く戦ひに行く農夫かな

出陣の兵を見送りに出た句という。出陣の多くは農民で、残った女性や老人が働いたという。出兵せざるを得ない農夫への深い思いが込められている。

俳諧を鬼神にかへす朧かな

主宰誌「辛夷」を昭和十九年、当局の統制命令で休刊した時には、「鬼神にかへす」と思っていた。

牡丹咲いて夜毎に狐遊びけり

牡丹見て一人立つなる寂しさよ

死期せまっての句である。狐は幻想であろう。狐が作者を死の世界に誘っているようだ。一人立つとはあの世への出発であろう。牡丹はこの世の最期に見る自然の美しさの象徴であったようだ。

富安風生　まさをなる空よりしだれざくらかな

富安風生は明治十八年(一八八五)愛知県に生まれ、昭和五十四年(一九七九)、九十三歳で没した。三十四歳の時に「ホトトギス」に投句、昭和三年、四十三歳の時に「若葉」の雑詠選を担当し、八十六歳の時に日本芸術院賞を受賞している。

まさをなる空よりしだれざくらかな
夜は星の空よりしだれざくらかな

一句目は、市川の真間山弘法寺にあり、伏姫桜と呼ばれる桜を詠む。五十二歳の時の句である。風生の最も有名な句であろうし、多くの桜の句の中でも名句である。解説・解釈がなくとも名句と感じる句は少ない。高い枝垂桜を見ればこの句をただちに思い出す。桜を見ていることと、風生の句のイメージが心の中で浮かぶことが同時に重なる。名句の条件の一つは、イメージの喚起力である。

二句目は八十七歳の時の句である。一句目の句の碑が伏姫桜の下に建立された時に詠まれている。自作の本歌取りである。

つつましく月を祀れるゆかしさよ
物の芽の祈るがごときつつましさ

月見の風習はつつましくゆかしい。日本文化における近代化・西洋化は月見の風習を無くしてきた。伝統俳句を批判する俳人たちが、俳句から月を祀る心をなくしてしまった。月見の風習は、古代中国・

朝鮮から移入したものであり、月の神への祈りである。
二句目では、物の芽に祈る姿を見ている。風生は祈りとつつましい心を結びつけている。つつましさがないと人は祈ることができない。祈る心が自然の美しさと不思議さを発見させて俳句を詠ませる。
俳句には祈りの心がないと造化の森羅万象を無心に詠めないと、『俳句論史のエッセンス』『秀句を生むテーマ』で繰り返し説いたが、あまり理解されないようだ。俳句表現史において花鳥風月を詠むことを批判する評論が増えているため、月を唯物的にしか見ることができなくなっている。風生は、月を祈り、植物の命である芽をつつましく思い、ささやかな命を祈っていた。

よろこべばしきりに落つる木の実かな

子供が喜ぶので木が実を落としているという、木が人の気持ちを理解するというアニミズム的で擬人法の句である。樹木自身が喜んでいるとも理解できるのは、短詩の特徴でもある。木の実は木の生命を継承していくための造化自然の摂理であり、無為自然の喜びが表現されている。喜んでいるのは風生自身であろう。喜ぶという感情がテーマだから写生句ではない。自然を見て喜ばなければ写生の意味がない。

かくれ咲く命涼しき鴨脚草《ゆきのした》

官僚のトップに上り詰めた人でも、経歴に関係なく、隠れて咲くユキノシタのような草に共感をおぼえていた。自然と俳句に魅せられることは、人の職業とは無関係である。

狐火を信じ男を信ぜざる

「こういう空想の世界に悠遊することもわたしの俳句の歩き方である」と自解する。狐火を信じるのは女性で、信じていないのは男性のようにも思える。狐火を率直に信じる人は信じられるが、狐火を疑うような男性は信じられないと思っている。幽霊や狐火の存在を疑うような知的な男性を信じることができないようだ。狐火や雪女の存在を疑わず俳句のテーマにすることも、広い意味の心の写生であり花鳥諷詠の句であることは、高濱虚子の全集を丁寧に読めば明瞭である。

菜の花といふ平凡を愛しけり

風生の句の特徴は平凡を愛する心である。菜の花というどこにでも見る花を愛する心である。花の句はつまらないと思う俳人の心こそつまらない。花を愛する人は平和を愛する人である。花を愛することができない人は論戦的・好戦的な性格を持つようだ。

白牡丹の白を窮めし光かな

透明の光は牡丹の花にあたって白色となる。牡丹だけでなく、花の色を美しくさせているのは透明な光のおかげである。植物の生命を維持するのは光である。白色を窮めるということは命を窮めるということであろう。

春惜しむ心と別に命愛し　風生
春惜しむ命惜しむに異ならず　虚子
春惜しむすなはち命惜しむなり　友二

風生の句によく似た句が虚子、石塚友二にあると、山崎ひさをが紹介している。風生の句は最初「命惜し」であったのを「命愛し」に変更したという。春という季節を惜しむことは自らの命を惜しみ愛することにつながる。

避暑荘の何一つ不足なき不足　風生

死の前年の句である。もう何も不足のない生活・人生であったと満足しているようだ。別荘を持つことはできず、苦しく貧しい生活をして俳句を詠んでいる俳人には羨ましい句であろう。「ホトトギス」には経済的に裕福な俳人がいたから、反「ホトトギス」の俳句観を持つ俳人には裕福な俳人への嫉妬もあったようだ。裕福でも不足と思う心が俳句を求めたようだ。豪邸や別荘や財産を持っていても人は幸福にはなれない。

　　生くることやうやく楽し老の春
　　無為といふこと千金や春の宵

八十歳の時の句である。七十代までは楽しくはなかったのであろうか。風生の晩年は無為自然の境地になっていたようだ。俳人は人生を経験すると、人為的・人工的・恣意的・技巧的な俳句を嫌い、無為・無心な自然なるままを好む表現傾向がある。

　　死を怖れざりしはむかし老の春
　　よべばこたへありて彼岸へ渡し舟
　　九十五齢とは後生極楽春の風

一句目は九十一歳の頃の句であるが、死を怖れていたようである。死の年には後生は極楽だと楽観的に思えていた。彼岸への渡し舟を呼べば応答があると思う句は、彼岸が極楽であり、極楽へ渡る舟を覚悟していたようである。風生は満九十三歳で没したが数え年では九十五歳である。後生は極楽、今生も極楽との気持ちである。後生は死後であるが、死後は極楽の世界に行くと信じていたのであろうか。あるいは九十五歳まで生きたのだからもう十分と思っていたのであろうか。俳句は極楽と説いた虚子の俳句観を意識していよう。反戦句ばかり詠んでいると心は呪いに満ちる。反戦句ばかり詠んでも世界は平和にならない。世界を平和にするのは政治である。

紅梅に彳《た》ちて美し人の老

野牡丹散華無常とはかく美しき

美しき死を邯鄲に教へらる

「ホトトギス」は客観写生だけだと誤解している評論家や俳人が多い。虚子・年尾・汀子の主宰三代に「美しい」という形容詞が多いことを『秀句を生むテーマ』に書いたが、風生の句にも「美し」という言葉が見られる。一句目は、虚子の古稀を祝う句であり、虚子の姿を美しいと詠む。

二句目は、美しい花が咲けばすぐに散るという無常観である。花は散るから美しい。野牡丹であれ、桜であれ、花が散らないで一年中咲き続けていれば、人は美しいと思わないだろう。

三句目では、邯鄲の早い死を美しいと思う。短いが故に美しいと思うことは、長いが故に醜い人生を過ごす人間の命を対比させている。子規が、写生の目的は美を表現することだと説いたことは、俳句論史では忘れられている。自然の美を求めることは平和を愛することであり、反戦の精神が無意識にある。

絶対は死のほかはなし蟬陀仏　阿部みどり女

阿部みどり女は明治十九年(一八八六)、札幌市に生まれ、昭和五十五年(一九八〇)、九十三歳で没した。長谷川かな女と共に「ホトトギス」婦人句会のメンバーとなり、昭和七年、四十六歳の時に「駒草」を創刊、主宰となった。昭和五十三年、九十二歳の時に、女性で初めて蛇笏賞を受賞した。「駒草」の主宰は現在、西山睦に継がれている。

こころの師いつも左右に梅椿

「四月八日は虚子・恒友両師の忌」の前書きがあり、高濱虚子と絵画を学んだ森田恒友の二人を死後も思っていた。二人は忌日が偶然、同じであった。みどり女の信条は「写生は眼が三分、心が七分」と、蓬田紀枝子は伝える。写生というのは一般的には眼で見た物を描写すると考えられているが、目で見るだけでは凡句しか詠めず、心と頭が働かないと秀句を生む言葉が出てこない。俳句は言葉の組み合わせであり、言葉が生じるのは脳の記憶装置からである。どのような言葉を脳の記憶装置から思い浮かべることができるかが俳句の良さを決める。客観写生というだけで秀句ができるわけではない。

優れた弟子は心で師の心を学ぶ。「梅椿」の前で切れているのではなく、梅椿に二人の心の師を象徴させていてリズミカルな句である。

夜の暗《あん》月下美人に吸ひこまれ
月下美人力かぎりに更けにけり

月下美人一分の隙もなきしじま

「夜の暗」が月下美人に吸い込まれると思うことは主観である。優れた俳人の森澄雄や飯田龍太に高く評価され、女性で初めて蛇笏賞を受賞しただけに、月下美人と作者の心が一体となっている。芭蕉がもっとも尊敬した荘子が「万物斉同(万物平等)」「万物皆一(万物一体)」と説いたように、自然の生命は全て平等であり、自然と一体にならないと自然を写生できない。花を見てその名前が出てくるのは脳の記憶装置からである。名前という言葉を記憶しないと脳には保存できない。吸い込まれるのは心の働きである。客観とか写生といっても突き詰めれば主観であり、心という人間の内部の働きである。「力かぎり」「一分の隙もなき」と思うのは主観である。

聲あげて父母を呼びたし秋の山

亡き父母を思い、声をあげて呼ぶことは、鎮魂ではなく、父母の魂がこの世に戻ってくることを望む招魂である。

『楚辞』の「招魂」の漢詩を読めば、詩歌の起源に招魂があることが理解できる。招魂は鎮魂よりも激しい思いである。金子兜太は、長谷川かな女・杉田久女に感情型、みどり女に想念型とレッテルを貼ったが、優れた俳人はレッテルに収まらない。感情と想念が一体となって秀句は生まれる。表現において感情と想念は一体である。「俳句は〜だ」とか「俳人は〜だ」といったようなレッテルを貼って決めつけるのはよくない。レッテルを貼っても作品は正しく理解できない。新興俳句とか人間探求派とかレッテルの多くは作品理解には届かない。一句一句きちんと理解していかないと俳人も俳句も分からない。

初蝶の流れ光陰流れけり

光陰は竹の一節蝸牛

一句目には「高橋淡路女様を悼む」の前書きがあり、俳人への挽歌である。故人への挽歌を超えて、普遍的な人生への思いが籠もる。芭蕉が『おくのほそ道』で踏まえた李白の「光陰」である。物理的な時間ではなく、心の中に流れる記憶と命への思いである。時間の長さはそれを感じる人間の主観によって変化する。

二句目では、蝸牛が竹の一節をいつのまにかゆっくりと越えていたことを発見する。自らの人生の流れを象徴している。

めまぐるしきこそ初蝶《はつちょう》と言ふべきや
つばめの子ひるがへること覚えけり
短日をほどよく動き日記書く

静止した状態の写生ではなく、対象の動きを意識して句に詠む。初蝶、つばめの子、自らの動きをとらえる。一句目は森澄雄が蛇笏賞授賞式の講演で「この句のほかに初蝶の句は知らない」と激賞した。蝶はめまぐるしい動きを見せる。昆虫や鳥のめまぐるしい動きは、他の動物に狙われないようにするためであろう。生きていることを明瞭に証明することは動くことであろう。動物が動物を認識するのは相手が動くことと体の色からであろう。

俳句で写生が大切であると繰り返し説かれてきたことの本質は、動物が敵から身を守るため、あるいは餌を見つけるために目で正確に対象を見ることの重要さに基づく。動物の体で、目と脳のシステムが最も複雑だとされる。動物としての命を維持するために、目を通じて外部の物を正確に把握する必要がある。

俳句で写生が大切だとよく言われるのは、生命の本能に関係するからであろう。

雛の日を仏と居りて足らひたる

鶏頭に過ぎゆく月日追ふとせず

作者は、ほぼ一か月の間に、長男と夫を亡くしている。「仏」とは本来、煩悩を無くし悟りを開いて生きている人を意味するが、日本人のいう「仏」は、釈迦の仏教とは無関係に死者を意味する。この句での仏は一緒に暮らした亡き人の魂という意味であろう。しばらくした後、鶏頭を見て過去の悲しい出来事を追いかけることをやめようと思っているが、一生思い続けていたようだ。

絶対は死のほかはなし蟬陀仏

一人娘の多美子の死を思う句である。夫・息子を亡くし、娘も亡くした作者は、「死」だけがこの世の「絶対」と痛感していた。「蟬陀仏」は「お陀仏」を連想させる。死後の天国や極楽浄土を説く宗教は空しい。死後の世界が宗教で保証されるなら「死」は「絶対」となり得ない。死ねばもう生き返らない。死が絶対であるからこそ、記紀万葉の時代から、時代を超えていつまでも挽歌・鎮魂の歌句が詠み続けられる。死後も命が生きているならば挽歌・鎮魂の句歌は不要である。大震災や戦争で見知らぬ人々が多く死ぬことへの思いは類想となりがちだが、親族・友人・知人といったよく知る人の死は、類想句とはならず、痛切な感情を生む。鎮魂の思いがあるということは、事実・真理としてあの世や天国で死後に生きているということがないことの証であろう。死は絶対的な真実であるからこそ悲しい。

肩《かた》掛《かけ》をとりてニュースに立ちどまる

昭和十六年十二月八日真珠湾攻撃の日の句会は虚子を迎え、いつものように行われたという。戦争時の行動について今も虚子を非難する人がいるが、戦争を起こしたのは政治家・官僚・軍人であり、俳人は戦争に無関係である。多くの日本人は反戦の気持ちを持ちながら何もできなかったのである。平和な時代に反戦を唱える人も戦時中は何も言えず黙っていたのである。なぜ虚子に戦争責任を負わせるのか分からない。そういう人に限って戦争を指導した過去の政治家の責任について何も語らないようだ。

自分は何もできないのに平和な時代に他人を非難する俳人は、原爆を非難して真珠湾攻撃を反省しない人に似ている。戦後に戦争を批判する人は戦時中に何もしない、何も言わなかった人である。今も戦争に反対する評論家はただ口先だけであり何も行動しない人である。

馬と神のみ白萩の原にあり

伊達政宗の愛馬は老いて大阪の陣に共に行けないことを嘆き自殺したという。その馬の祠に立ち寄った時の句である。神は自殺した馬の魂であろう。馬もまた神となり、人と同じ魂を持つことは人類学者によってアニミズムと定義され、特に日本人は古代から変わらずその宗教心を持っている。最近は、アニミズムを嫌い否定する俳人が増えているようだ。馬も人と同じような魂を持っていることを信じない人が増えることは、詩歌文学の滅びを暗示する。

山澄みて神みそなはす広田かな

山の神がご覧になる広田という意味であろう。山の神は田に降りてきて田の神となるから、田の神でもあろう。豊穣を祈る心が込められている。「みそなはす」という言葉は現在では死語になっているようだ。俳句が有季定型であるのは、四季の神々に五穀豊穣を祈る感謝の心のなごりであるが、四季への祈りの心を失うことは、有季定型詩が滅ぶ契機となっていくであろう。

風少し出て春水に情あり

海も山も弥生を待つてゐたりけり

春水に「情」を感じることや、海も山も弥生の風の到来を待つと思う俳人は稀有であろう。本来、心を持たない山水が人と同じ心を持つと思うみどり女はアニミストである。花鳥諷詠とは突き詰めれば、海や山が心を持っていると思うことである。物が物にすぎないのであれば詩歌は無用であろう。人は物だけに満足することはできない。

うつくしき尼にまみえし彼岸かな

みどり女が、池上本門寺の近くに住む川端茅舎を見舞った時に出逢った尼僧を詠んだ句という。茅舎もみどり女も絵を描き春陽会に入選していた。「うつくしき」は、無意識に茅舎の心を暗示しているようだ。

九十をいつか越えたりいつか夏

いつしかに野の花の香の暖かし

死の五か月前の作者最期の句とされる。

九十三歳まで生きれば、特に意識した辞世めいた句は残らないようだ。「いつか」「いつしか」という言葉は、平常心を持って毎日を無為自然に暮らし、死を静かに迎える様子を表す。

夫・子供を早く亡くした俳人は九十を超えて、既に死を覚悟しているような平常心の句である。野の花の香の暖かさは、生きている命そのもののようである。

長谷川かな女　　呪ふ人は好きな人なり紅芙蓉

長谷川かな女は明治二十年(一八八七)、東京府日本橋に生まれ、昭和四十四年(一九六九)、八十一歳で没した。「ホトトギス」の俳人・長谷川零余子と結婚し、かな女も投句した。三十四歳の時、零余子が「枯野」を創刊し「ホトトギス」を離れる。夫の死後、昭和五年、四十三歳の時に「水明」を創刊し、翌年主宰となる。埼玉県文化功労賞、紫綬褒章を受章している。

大正二年二十六歳の時、高濱虚子が女性俳人育成のために始めた婦人俳句会「婦人十句集」の幹事役を務める。虚子夫人の糸子も参加しており、句会はかな女の家でも行われていた。日本で初めての女性の俳句サークルであり、その後、かな女選の「台所俳句会」となった。世間や家庭を気にすることなく女性俳人だけの吟行も行われたという。

今日の俳壇の女性人口の多さを考えると、俳壇が男性だけであった時、百年前の虚子の発想は今日を洞察していたと言い得る。ライバルの河東碧梧桐の新傾向派には女性俳人がいなかったという。かな女の句集『雨月』の序文で虚子は、「其時分にかな女のあつたといふことは今日其雲の如く起る素地を為したものといふべきである」という。今日、虚子に関心のない女性、かな女を知らない女性がいるであろうが、女性俳人は虚子とかな女に感謝すべきであろう。虚子が「ホトトギス」を俳壇で最も大きい結社にしたことで、虚子の経営方針を批判する人がいるが、多くの優れた俳人を育て、優れた女性俳人を見出したことは、今日の俳人人口の減少状態を考えればもっと公平公正に評価すべきであろう。

主よりかな女が見たし濃山吹　石鼎

若葉見る机に肱の白さかな

かな女を詠んだ句ではよく取り上げられる。原石鼎はかな女の家を訪れていた。夫の零余子は「肱の白さ」を妻の肱と誤解して石鼎に怒って殴りかかるほどであったという。

呪《のろ》ふ人は好きな人なり紅《べに》芙蓉《ふよう》　かな女

虚子嫌ひかな女嫌ひの単《ひとへ》帯《おび》　久女

杉田久女が虚子とかな女を嫌いと詠んだ句を意識して、かな女が「呪ふ人」の句を詠んだと吉屋信子が書いたが、かな女の句の方が先に詠まれていたから無関係だと星野紗一はいう。

千ページを超す『長谷川かな女全集』(東京四季出版)の全句を読んでも、かな女の句には「呪い」を感じさせる激しい憎悪の句はないことを考えれば、好きであるが故に男性を呪うという軽い気持ちの句であると思われる。久女の「虚子嫌ひ」の句の方がむしろ激しい呪いの感情がこもっている。多くの久女論は虚子を悪者にしているが、「ホトトギス」の主宰としての虚子の気持ちを考えれば、激しい感情の手紙を毎日のように送ってきた久女を虚子が避けた理由が理解できる。虚子が久女を避けたために、久女はむしろ「呪い」に近い「嫌い」な感情になっていったようだが、尊敬の気持ちもあり複雑である。生涯で残した句の中での秀句・佳句の割合は、かな女よりも久女の方が多いが、多くの女性が会員である結社の主宰を長く続けるには、かな女の方が性格的に向いていたのではないか。スケッチ風写生の句よりも、多くの人はむしろ人事や人間関係を詠んだ句の方に関心を持っていたようである。

秋の蟬死は恐くなしと居士はいふ　かな女

かな女最期の句である。

私は『毎日が辞世の句』に纏めた連載を二年半続けた間、全ての句集を後ろから読む癖がついたため、『長谷川かな女全集』も人生最期の句が気になった。

居士は子規居士ではなく、星野紗一は『長谷川かな女』で、夫・零余子だといい、「かな女は死の近き事を予知し、『もう心の用意は出来ていますよ』」とこの句で示したという。夫の死後四十年近く経っているから、四十年前の夫の言葉を死の直前に思い出したようだ。八十一歳での死であるから、いつ死がやってきても心の準備は出来ていたようだ。

京雛に魂のあり穂草垂る
人形に魂を入れをり秋の人
秋雲の流るる方に魂去りし
無色となつて脱け出す魂や繭ごもり

日常生活の写生句・写実句の多い中で、かな女は目に見えない「魂」を意識した句を詠んでいる。京雛に魂が籠もり、人形に魂を入れること、秋雲の流れる方向に魂が去ること、繭から魂が脱け出すこと等、人以外のものと魂の存在の関係を詠む。女性俳句サークルの先駆けであった俳人はアニミストであつた。魂を詠むことはむつかしい。かな女の魂の句は自然であり、人工的・作為的ではない。

嫦娥まだ市巷のものに盆の月
茅の輪くゞりて今年も守《も》れる命かな
冬山の窪みに三輪の神拝む

晩春の祈りに似たり句作人
元旦の灯を神棚に仏壇に
冬の芽の朝毎拝む試験の神
椿の蕾落とす神あり神の留守

「魂」の存在を意識する俳人は、必然的に「神」の存在を意識する。東洋人にとって、神と魂の定義に違いはない。キリスト教ではゴッドと人の魂は全く異なるものである。ゴッドが人の魂を作ったのであり、東洋の詩歌文学と宗教では、魂が神となる。

一句目には「不忍池畔盆の供養」の前書きがある。「嫦娥」は不老不死の薬を飲み月の仙界に昇った道教神道の仙女であるが、現代日本人には忘れられている。かな女の時代の盆供養には嫦娥の神話が日本人の意識にあったようだ。茅の輪も道教神道の行事であり、粽と同じように茅が邪を祓うと信じられていた。「命」を守るために中国でも日本でも茅の力が信じられていた。「三輪の神」は『万葉集』にも見られるが、かな女は「拝む」心をもって句を詠んでいた。最近は家の中に神棚と仏壇の両方ある家は少ないようだ。受験合格を祈る神を「試験の神」と名付けている。神の留守に椿の蕾を落とす神が発生したというのも面白い発想である。人間以外の自然に神と魂の存在を感じることはアニミズムと定義されているから俳人がアニミズムを嫌っても無意味である。

秋風に御佛となる尊とさよ

前書きに「京都平林氏追悼」とあるが、現在では亡き人を「御佛」とはあまり呼ばないのではないか。死者を「ホトケ」と呼んだのは、死者になって初めて煩悩が無くなるからだろう。僧侶であれ誰であれ、人は生きている間は欲望・煩悩は無くならず、悟ることはできないであろう。欲望・煩悩を無くすことを説いた釈迦の仏教はインドで滅び、その後数百年経って、欲望の実現を仏像に祈る願かけ仏教（大乗仏教）が中国や日本に広まった。仏像に願をかけることは、神々に祈るヒンズー教や道教と本質的には同じである。

水入れて春田となりてかがやけり

藤棚を透かす微光の奥も藤

詩的な光の描写に注目しておきたい。

苗を植えた田の美しい様子が「かがやけり」の言葉に込められている。藤棚の藤の間を微光が貫くイメージは美しい。ものが美しいということは、光が美しいからである。「〜て」の繰り返しを批判する人がいるであろうが、むしろ時間的経過がよく理解できて、さらに豊饒な稲田を期待する心が生まれるであろう。

藤棚の藤の花を透かしている微光に焦点をあてたことにより、藤色の美しさのイメージが読者の心に広がる。自然の美しさにおける光の働きを細かく描写することは、虚子や水原秋櫻子の有季伝統俳句に貫道している。

後藤夜半　　日美し月美しき冬至かな

後藤夜半は明治二十八年(一八九五)、大阪市に生まれ、昭和五十一年(一九七六)、八十一歳で没した。二十八歳の時、「ホトトギス」に投句して高濱虚子に師事、三十六歳の時に「蘆火」を創刊したが病気で終刊、戦後は五十三歳の時に「花鳥集」を創刊し、その後「諷詠」に改題した。「諷詠」は後藤比奈夫が継ぎ、現在は和田華凜が主宰である。

能面に痩男あり蘆を刈る

夜半には能の句は多くないが、芸能・古典に造詣が深く、実弟の一人が、喜多流の能楽師で人間国宝の後藤得三、もう一人は得三の弟、喜多流十五世宗家の喜多実であり、後藤家から喜多家の養子に入った。後藤家と喜多家は深い縁があった。

瀧の上に水現れて落ちにけり

この句は夜半の代表句である。句会では誰も取らなかったというが、毎日新聞主催の「日本新名勝俳句」(高濱虚子選)では第一席に選ばれ、客観写生の句として有名となった。「瀧の上」は「たきのうえ」と句碑開きの時に夜半が読んだという。句が詠まれた時には滝の上に大きい岩があり、その後風水害で岩がなくなり現在の姿になったという話を和田華凜から聞き、また、中谷まもるは岩がある滝の絵画を発見している。現在の姿と句の印象が異なるという飯島晴子の鑑賞があったが、岩の上から水が落ちていたのであるから、現在の滝と俳句のイメージとは異なっていたのである。夜半には自然を客観的に描写した句が多いと思いがちであるが、全句集を読んだ印象は情感にあふれた主観的な句の方が多く、この句のような客観句は少ない。

美しきことの如くにマスクして

昭和四十年の句であるが、コロナ禍でのマスク美人を詠んだように思えて面白い。マスクをすると、鼻と口を隠すから美人のように見えることをユーモラスに詠む。美人かどうかは口と鼻の形に依存しているようだ。

羽子板の寫樂うつしやわれも欲し
筆の穂の長いのが好き福壽草
かりそめの世とは思はじ古稀の春

『後藤夜半句集　破れ傘』の最初の数ページの句だけでも、はっきりと見られる特徴は、主観句が多いことである。写楽の羽子板を「われも欲し」と詠み、筆の穂の長いのを「好き」といい、古希にはこの世をかりそめとは「思はじ」と、感情を明瞭に詠む。人間は感情的動物であるから、写生といえども、感性・感情が作品に込められる。

啓蟄の蜥蜴たわみて美しき
啓蟄の蜥蜴に心許しをり

滝の句よりもこの蜥蜴の句が夜半の句風の特徴を表す。
蜥蜴の美しさに心を魅せられ心を許す。虚子と夜半に通う主観句である。比奈夫から華凜にまで通う句風である。

現し世のいま美しや桜貝
日本語の美しきときリラの花
日美し月美しき冬至かな
松の内相見ゆこと美しく
花よりも鳥美しき秋扇
薄日とは美しきもの歸り花
松虫という美しき虫飼はれ

夜半の句には「美し」という形容詞が多い。

美しい自然と美しい日本語があるからこそ人は詩歌に魅かれる。「ホトトギス」の伝統は客観写生だから「美し」という主観語を使わないと思う俳人が多いだろう。また俳句は写生だから「美し」といった形容詞を使うなと教える俳人も多い。しかし虚子・高濱年尾・稲畑汀子には「美し」を詠んだ句が多いことは『秀句を生むテーマ』で多くの例句を挙げて示した。夜半も例外ではない。

美しいものは美しいという言葉以外の言葉では表現できないであろう。「俳句は文学の一部なり文学は美術の一部なり故に美の標準は俳句の標準なり」と、正岡子規が「俳諧大要」に説くように、俳句の大切な使命は「美」の表現である。写生とは本質論ではなく、美の表現のための方法にすぎない。現実の政界、経済界、官界の俗世間は美しくなく汚いからこそ、美術・音楽・詩歌文学は美を求めるのであろう。

寒紅といふ言葉には濃きこころ
行春のこころ實生の松にあり

人を見るこころもとなき鹿の子かな
熱帯魚見るや心を閃めかし
端居して遠きところに心置く
冬日濃きことに心を集めをり
心消し心灯して冬籠
蓑虫の鎧ひごころのふといとし
根分けして萩のこころに近づきぬ

「心」という言葉が多いのも夜半の特徴である。

比奈夫にも「心」をテーマとした句が多いことを以前『平成俳句の好敵手』で論じた。夜半から比奈夫に流れたのは「物心一如の世界」である。比奈夫が、「造化の存問」に答え、その心を読みとることが「俳人のつとめ」といったことは、既に夜半が実践していた。引用句は全て単純な写生ではなく、自然に「心」を読み取っていることに注目すべきである。

秀句は物を通じて心を詠んでいる。物を見れば、人の心は必然的に働かざるを得ない。

紫の厚きを都忘とて
むらさきに變りし蓮や魂祭
秋晴やむらさきしたる唐辛子
紫の淡しと言はず蘭の花
紫の心を掠めクロッカス

紫の匂袋を秘めごころ

夜半と比奈夫の句に共通するのは、「紫」の色への嗜好である。比奈夫に紫色をテーマとした句が多いことは『秀句を生むテーマ』の「色」の章で論じた。紫が皇族や高僧の衣にのみ許された禁色であったのは、天皇を別名とする天の最高神である北極星が古代に紫色に輝いていたからである。『万葉集』や『源氏物語』でも、紫は神聖な色であり高貴な色であった。天皇の住居に紫宸殿や紫微宮といった「紫」が使われているのも、同じ理由である。天皇家が道教を独占して、一般人が道教を信じることが禁じられたため、日本人は道教を教えられてこなかった。

玉虫の色の如くに過ぎたる世

秘めてよき女の色の桜貝

色の比喩が適切で艶のある句を詠む。様々な生涯の思い出は玉虫の色のようであり、秘めるというのは桜貝だけでなく、なにか色っぽい女性との思い出のようである。

金魚玉天神祭映りそむ

神農の虎ほうほうと愛でらるる

日短き少彦名《すくなひこな》の祭かな

この落葉氷室の神の踏みたまふ

舞ふ雪や巫女の挿頭《かざし》の松を戀ひ

風神を祀らすとかや寒詣

日本の神道・宗教には中国の道教が深く入っていることを、日本人はほとんど知らない。折口信夫は戦前、既に日本の神道の基層には道教が入っていると洞察したが、国立大学で道教を研究した学者は大学から追い出されたと、道教と老荘思想の第一人者の福永光司は述べている。道教は禁じられたが、一般の人々には渡来人を通じて広まっていたのは、五節句が渡来されてきたのと同様である。

神農祭《しんのうさい》は大阪市の道修町の少彦名《すくなひこな》神社の祭礼で、薬屋の町で薬の神を祀る。神農は古代中国の三皇五帝の一人であり、人々に医療と農耕の術を教えた道教の神である。氷室の神も『詩経』にみる氷の神、天神・風神もルーツは道教の神々であり、日本化して関西の人々の生活に解け込んでいる。金魚玉に祭の華やかさが映り始める風景は写生を超えて夜半の心を映す。

わもねがふ花の下臥西行忌

夜半もまた西行と同じように満開の桜の下で死にたいと願っていたことは興味深い。

夜寒しと言うて命を惜むなり
風邪を引くいのちありしと思ふかな
生き延びて来しこと大事菊枕
愚なるわが生涯や走馬燈
着ぶくれしわが生涯に到り着く
破れ傘一境涯と眺めやる

命と生涯を思う句である。夜の寒さが命を惜しむ気持ちにさせている。風邪を引いて命のありがたさを知る。生き延びてきたことを晩年には感謝する。俳句に没頭した生涯を愚と思う。「着ぶくれし」とは人生経験の厚みであろう。破れ傘の草の葉の形に生涯を思っているようだ。

右城暮石　　妻の遺品ならざるはなし春星も

右城暮石《うしろぼせき》は明治三十二年(一八九九)、高知県に生まれ、平成七年(一九九五)、九十六歳で没した。俳号・暮石は生地の地名から取られている。二十一歳の時に松瀬青々の「倦鳥」に入会し、「青垣」「風」「天狼」を経て、五十二歳の時に「筐」を創刊し、後に「運河」と改題し主宰となった。七十一歳の時に蛇笏賞を受賞した。「運河」は茨木和生に継がれ、現在は谷口智行が主宰である。

水中も同じ速さで蟹遁ぐる

地上でも水中でも蟹が同じ速度で逃げることを発見している。水の抵抗があって、同速度ではないにしても速く見えたようだ。命を守るために速く逃げる様子が表現されている。

大那智の滝水那智を養へり

那智の滝の水は、那智の土地全体を養っているという思いである。単純な写生ではなくて命への深い思いが込められる。滝の神が田畑と毎日の生活を潤している。

新しき藁塚や我が詩も太れ

暮石にとり俳句は詩であった。新しい藁塚のように、自分の俳句も新しく優れた作品となってほしいという祈りである。松尾芭蕉にも願望・希望の句があるが、俳句は必ずしも見た描写ではなくて、何かを願望する思いや祈りを詠むことも詩歌の本質の中にある。

和歌山県天から海から春来るよ

海岸線長き和歌山県霞む

紀の川を吹きてくもらす青嵐

暮石は大阪に住んでいたからか、和歌山県という言葉を俳句に詠む。和歌山に吟行に出かけることが多かったようだ。紀の川や和歌山県全体のイメージを詠む大きい風景である。これらも写生・写実というよりも心の中の風景である。実際に天や海から春がくるのを見るわけではない。和歌山県のある一か所に作者は立ち、時間と空間の両方に、春の到来を全身で感じている。

時間的な感覚を持っていないと、春が来るとか春がゆくといった句は詠めない。俳句はある一瞬、ある一点に集中して詠まれることが多いが、暮石はいつも大きく、広く、深い視野で物を見つめていた。

蟻が蟻と闘ふ黒さ憎み合ひ

「この闘いが、何のためか分らなかった」と自解する。蟻の観察というよりも人間の比喩と理解できる。今日もなお欲望のために闘い憎みあい続けている人間世界を思わせる。

子供等の声も赤らむ曼珠沙華

入学児手つなぎはなしまたつなぐ

子供の句には温かい心があふれている。曼珠沙華の赤さが子供の声の明るさを象徴する。入学児の嬉しさが伝わる。蟻と蟻が闘う姿とは正反対の子供の平和な姿である。戦争反対の句は戦争を呼ぶが、平和を詠む句は平和を呼び寄せる。平和について論争すると、人々はいつも喧嘩に終わる。

農薬を撒きて農魂失はず

農魂とは何だろう。詩魂とは詩歌を詠まざるを得ない人の心の中にある情熱であるが、農魂とは農業に命をかける熱い思いであろう。雑草を殺すためには農薬を撒かざるを得ない。

恵方神多し日本の神多し
天の神地の神たちに植田澄む

恵方神とは歳徳神《としとくじん》のことであり、陰陽道でその年の福徳を司る神である。歳神とも呼ばれる。陰陽道は中国の道教神道の日本化である。歳徳神のいる方角が恵方とされ、その方角に向かって事を行えば吉とされた。節分行事として恵方を向いて「太巻きの丸かぶり」を行う恵方巻の風習が関西で行なわれていた。儒教や仏教が渡来する前に、朝鮮を通じて道教神道が日本の神道の基層に入っていたと折口信夫は述べる。日本の神道には、道教神道の天地の神々や陰陽道の神々が多い。天地の神々に祈り、稲は生長し人の命となる。明治政府は人間の天皇を絶対的な神にするために、北極星が天皇という名前の神であった陰陽道や修験道を禁じたが、北辰信仰の民俗として今も残っている。

墓地神域ほかは一切花蜜柑
無花果の神ながらなる青さかな

蜜柑山の墓地と神社は花蜜柑に包まれている。神社での祈り、寺・仏像への祈願、墓前で先祖や先人の霊を鎮魂することといった東洋人の一般的な宗教意識が、人類学者にアニミズムと定義されている。無花果の青さに暮石は神の意志、神の行為を直観した。東洋のアニミズムのルーツをさかのぼれば、荘子の説く「万物斉同(万物平等)」や造化の神の考えに至る。無花果の青い実は誰が作ったのでもなく、ただ造化の無為自然の営みでできたのである。実が赤くなり種を作り新しい生命を生むことが、造化の「化」である。暮石は造化の中の神と魂を見つめていた。

吉野の冬著莪の崖曼珠沙華の崖

吉野の山の崖に著莪の花や曼珠沙華の花を見つける。造化・自然の営みの不思議に感銘し、俳句に詠むことがポエジーであろう。

仮死の蜘蛛こらへ切れずに歩き出す
虫飛べり今年生れのものばかり
生きるより死に近き声きりぎりす

アニミストは必然的に植物の命、小動物の命の不思議を詠む。蜘蛛も仮死の状態に我慢できず、ついつい歩き出してしまう。死んだふりは長くできないという、ユーモアの句である。虫の多くは一年で死ぬから、今飛ぶ虫は今年生まれたものばかりというのもユーモアである。山本健吉の説いた「俳句は滑稽」説に従い、命を深く思うウイットである。死に近き声は誰か親しい人を暗示する。

妻の遺品ならざるはなし春星も

妻が亡くなった時の句である。櫂未知子の句〈一瞬にしてみな遺品雲の峰〉を連想する。

蜂のみの知る香放てり枇杷の花

花の香と虫の関係は複雑である。桜は桜の花の香で虫を集め、受粉が終われば桜はすぐに花を散らす。枇杷の花の香を求め蜂が来る。動物と植物の命の関係を発見する。

横山白虹　　枯芝にいのるがごとく球据ゆる

横山白虹は明治三十二年（一八九九）、東京市に生まれ、昭和五十八年（一九八三）、八十四歳で没した。大正十一年、青木月斗の句会に俳号「白虹」で出席し、翌年「九大俳句会」を創立した。「天の川」に入会し吉岡禅寺洞の指導を受け、新しい俳句の推進に努めた。三十七歳の時に「自鳴鐘《とけい》」を創刊したが、戦時中は休刊し、戦後「自鳴鐘《じめいしょう》」として復刊した。「復刊の辞」に、「叛逆的精神は純情孤高の精神に通ずる。自鳴鐘に拠る人々は此精神を以て結ばれ此精神に殉ずるであらう」と述べる。

五十一歳の時に「天狼」の同人になる。七十三歳の時に現代俳句協会の会長に就任して、会費の増額、財政の健全化、機関誌「現代俳句」の定期発行等に貢献した。

よろけやみあの世の蛍手にともす

「よろけやみ」とは、炭坑で働き肺結核に侵された者であり、「あの世の蛍」は結核に侵された者の行くあの世を暗示させている。労働者の過酷な条件を批判しているかのようであるが、炭坑の経営者が創設した病院の院長をしていたから、炭坑の経営者を非難した句ではないようだ。

ラガー等のそのかちうたのみじかけれ

「ラガー」というカタカナとその音が今でも新しさを感じさせる。勝者の歌は短く、勝敗を超えた試合を称える。金子兜太は全句集の栞の中で、白虹の印象を「男気《おとこぎ》」「俳人らしくない俳人」と述べ、「この句は今もって私の大好物の句であり、白虹俳句の代表作中の代表作とおもっている」と評す。

枯芝にいのるがごとく球据ゆる

これからのキックが成功してほしいラグビーの選手の祈りであるが、むしろ無心に選手の意志が球に集中している様子である。「いのるがごとく」とあるが、比喩ではなく、選手はいつも祈ることと行動が一致しているのではないか。文学であれスポーツであれ、上達するためにはそれを祈ることによって技術も上達するのではないか。祈りと実践は一体であろう。

枯蓮の茎みな天に祈りつゝ

枯蓮の茎の祈りは作者・白虹自身の祈りである。伝統俳句や新興俳句の概念に関係なく、俳句の秀句には、何かへの祈りが込められていることを私の文学観・人生観として書いてきたが、白虹の句にもいいえる。芸術・文学・宗教に共通するのは、祈りである。結果を期待する祈りではなく、祈らざるを得ない人の心と魂の無為で自然な行為である。植物や動物の姿に祈りを感じる秀句が少なからずあることを『秀句を生むテーマ』で詳しく述べた。伝統俳句も新興俳句も平和の祈りにおいて共通する。

原子炉が甗《くびき》となりし青岬

昭和四十九年、九州電力玄海原子力発電所での句である。美しい岬にとっての「甗」の危機感は東日本大震災で現実となった。この句も生命への祈りである。

葛城《かつらぎ》の山鳴り月も扉にさゝず
国原は蒼々《そうそう》として後鬼《ごき》泣けり

坪内逍遥の「役の行者」を観ての感慨を詠む。白虹は古代の歴史に関心があった。役の行者は修験道の開祖とされるが、呪術を駆使できたことは、渡来人のもたらした道教神道を学んでいたからであろう。

仏教が渡来する前に山岳に入って修行する道教神道が渡来したが、朝廷が道教を禁じたため、山岳に籠もり呪術を学んだ。前鬼・後鬼を従えていたのは、陰陽師が式神を従えて呪術を行ったことに似ている。芭蕉に〈猶みたし花に明行神の顔〉という葛城山での句がある。一言主の神は醜いので夜のみ行動したという伝説が信じられず、また神の顔は現実には見ることができないと知りつつ、自分の目で顔を見たいと芭蕉は詠んだ。芭蕉と白虹の句は、役の行者が葛城山と金峯山の間に石橋を架けようとして諸国の神々を動員した時に、一言主が天皇に役の行者が謀叛を企んでいると訴え伊豆大島へ流刑になった伝説に依拠している。日本文化・歴史を学び、俳句化することは面白いテーマである。現代人が伝統・歴史・文化を忘れていくことは俳句を滅ぼす一つの理由に繋がる。

梅雨の闇神にちかづきまた離る

鰯雲あまりにとほき神の位置

五十一歳頃の句である。神への信仰を考えたが、結局、神は遠い距離にあると思ったようだ。ここでの神はキリスト教の絶対的なゴッドに近い。人間にとって神は不思議な存在である。

神不在なり大理石《なめいし》の祭壇に

「ポンペイ遺蹟」で詠んだ句であり、すでに失われた神の信仰に日本の神無月をかけたようだ。ギリシャやイタリアだけでなく、欧州では多神教のアニミズム信仰は滅ぼされて、一神教のキリスト教に政治的に統一された歴史を思い出させる。

歯朶青し女体を月にのぼらしめ

かぐや姫を連想させるロマン的な句である。この頃、橋本多佳子に会っているから、多佳子の句〈月光にいのち死にゆくひとと寝る〉や月の句を連想したのではないか。

星凍てゝわが悪業《あくごう》にまたゝきぬ

雪明り業《ごう》のふかきに寝がへれば

昭和二十五年、五十歳頃の句であるが、なぜ「悪業」「業」を思ったのかは俳句からは分からないけれども、過去の悪業であっても、星のまたたきが業をやわらげているようだ。二句目もまた、雪明かりが季語の働きだけでなく、星の明かりと同じような効果をもたらしている。業を詠む句は珍しい。

神の手は自在に山の霧あやつる

蕗のたう神の摂理に従ふだけ

一句目は九重高原での句だが、山の霧を見て神の手を感じている。蕗の薹だけでなく人もまた神の摂理に従うだけだと悟っていた。ここでの神はゴッドのような神でなく、東洋の自然と共にある神秘的な神々であろう。摂理は芭蕉のいう造化随順に近い。

海棠の花沈みゆく黄泉の国へ

「安西冬衛氏に」との前書きがあり、詩人への鎮魂の句である。中国・大連の海に投げたという花は、安西冬衛の眠る黄泉の国に届いてほしいという祈りである。黄泉の国とは、陰陽五行説での中央の地霊を表す「黄」の地下の世界であるが、ここでは海の底に魂が眠っている思いである。

黄泉への扉どこかに秘めて花菜畑

死の前年の句である。花菜畑にもうすぐ行く黄泉への扉が隠されていることを思う。

中村汀女　秋風や誰にともなき禱りのみ

中村汀女は明治三十三年（一九〇〇）、熊本県に生まれ、昭和六十三年（一九八八）、八十八歳で没した。十九歳の時に「ホトトギス」に初投句、四十七歳で「風花」を創刊し、八十歳で文化功労者、八十四歳で日本芸術院賞を受賞した。「風花」は平成二十九年に終刊し、小川晴子主宰の「今日の花」に継がれている。

汀女は橋本多佳子・三橋鷹女・星野立子たちとともに4Tと呼ばれた。文化功労者といえば、森澄雄や金子兜太と同じく、高濱虚子の文化勲章に次ぐ評価である。汀女は「文化功労者顕彰に当たって」の「喜びのことば」の中で、「日本人の誰もかれもが俳句十七文字に心をあずけたいという気持を持っていらしたことであり、どなたも自分にもできる俳句だということをお気づき下さった方がおありのようで、それを私は心から喜んでいるのでございます」と述べている。蛇笏賞は毎年出版される句集の中から選ばれるから誰かが受賞するが、文化功労者は生涯の優れた功績によるため俳句史においても人数が少ない。汀女の言葉を読めば、優れた作品だけでなく、一般の人に俳句を詠むことを広めた貢献に対しての賞という意味合いがあるようだ。現在の俳人の多くが女性であることは、虚子と汀女たちの貢献である。

山本健吉は『現代俳句』の中で、汀女や立子の句は「芸術上の懐疑の跡をとどめない。おめでたいと言えばおめでたいがそこに彼らの作品の一般性があることも確かである」と、表面的には批判的なようだが、汀女の句は、健吉が晩年に説いた「軽み」の句であるように思える。三橋鷹女や杉田久女の俳句は容易に真似できないが、汀女の句は一見、誰もが詠めそうだと思うことができる。心の状態を率直に詠む句風である。

玉蟲の何するすべもなく死にし
立秋のあるがままなる籐椅子かな
ただ苺つぶし食べあふそれでよし
抱く珠の貝のあはれを聞く冬夜

汀女の句の特徴は、「何するすべもなく」「あるがままなる」「それでよし」といった言葉に表れている。心の思うままに自然や世の中に対処する態度である。松尾芭蕉の説く「軽み」の句、荘子の説く「無為自然」の句である。自然のまま、心のままに詠む態度である。客観的に何かを写生するという態度ではない。玉虫の姿を写生したわけでない。籐椅子を客観的に写生したわけでない。人も玉虫も「何するすべもなく」死んでいくという思ったままの句である。

しかし、汀女の思いには深みがある。寿命がくれば死ぬことにおいて生物に違いはない。写生という目で物を見ていたのではなく、命のあるがままの姿に「あはれ」を感じていたところが、月並写生や平凡写生と違っていた。真似ができそうでできない秀句である。真珠貝の営みに「あはれ」を感じる俳人は少ない。

芝を焼く美しき火の燐寸かな
夜濯のしぼりし水の美しく
秋扇や美しきまま母となり

美しき横雲日々に貝割菜

枯れ切つて菊美しや一葉忌

冬苺美しき皿残しけり

烈日の美しかりし桔梗かな

汀女の句には「美しき」「美し」という形容詞が少なくない。一般的に「美しい」という主観的な言葉を使わずに、物の美を詠むことが創作、特に写生句において推奨されている。客観写生を説いたはずの正岡子規、高濱虚子や「ホトトギス」の優れた俳人の句には「美しい」という言葉が多く詠まれていることを『秀句を生むテーマ』で論じた。極論すれば、十七音だけで客観的に自然や人生を写生することはできない。優れた俳句は主観的な思いがあるからこそ、詩歌文学として他人に感銘を与えるのである。美しいという形容詞を使わずに汀女が詠みたい内容を詠むことはできない。美しいと心の底から思ったからこそ美しいという主観語を使わざるを得ない。世界中は醜く汚い戦争・殺人・賄賂等のニュースばかりであり、社会性俳句では何も解決できない問題ばかりである。せめて、俳句だけでも自然と人の心の美しさを詠みたいものであろう。自然の美を詠むことは命の平和を求めることである。

美しき砂をすぐりて蟻地獄

わが心いま獲物欲り蟻地獄

蟻地獄を客観的に写生した句ではない。蟻地獄の砂に美しさを感じ、作者の心は獲物を欲するウスバカゲロウの幼虫の気持ちになっている。砂や幼虫と同じ気持ちになって句を詠むことが秀句の秘訣である。蟻地獄を知らない人に蟻地獄と詠んでも通じない。蟻地獄を知らない人に十七音の言葉で説明することはできない。俳句というのは、蟻地獄という言葉をすでに知っている人にのみ通じる文学である。俳句は写生だとよく言われるからといって蟻地獄のイメージを詳しく写生しようとすると句は失敗する。

走り出て闇やはらかや螢狩
朝露の蜘蛛の網まだやさしけれ
ゆで玉子むけばかがやく花曇

闇がやわらかいといい、蜘蛛の網がやさしいという思いは、客観写生ではない。「やはらかや」「やさしけれ」の感性の言葉が特徴的である。

曇日の花の下でむいた玉子が「かがやく」という言葉が単純写生を超える。輝きは物理的な輝きではなくて卵の命の輝きであり、卵を食べる人の命の輝きを象徴している。

外にも出よ触るるばかりに春の月
真円《まんまる》き月と思へば夏祭
いつしかに春の星出てわれに添ひ

一句目は昭和二十一年、四十六歳の時の、敗戦後すぐの解放感がある。友の家での数人の集まりがあり外に出た時に、屋根を離れる大きい月を詠む。月に魅せられる心、大きさに率直に驚く心を持っていないと詠めない。純粋な童心を持つ。芭蕉が、童子の心で句を詠むことが軽みであると説くところがそのまま実践されている。月を心から美しいと思う心を現代俳人は失っている。

三句目では汀女の童心は春の星とともにある。月であれ星であれ、自然現象と汀女の心が一体化している。

夏雲の湧きてさだまる心あり
春潮の心こまかに岩に触り
梅天やさびしさ極む心の石
わが心ふとときめけば小鳥来る
ふところ手こころ見られしごとほどく

「心」を詠んだ句が特徴的である。心を詠むことは客観写生ではなく主観の描写である。「さだまる心」とは、夏到来を受け入れる心の準備と決心である。湧き上がる夏雲を見ることによって汀女は何かを決心したのかもしれない。

子を遠く大夕焼に合掌す
秋風や誰にともなき禱りのみ

大夕焼に合掌し、秋風と共に祈る自然な心が汀女の秀句の秘密である。夕焼を美しいと思うとき合掌する心が生じる。美と祈りと俳句は一体である。俳句は四季への祈りである。フランスの画家、ミレーの『晩鐘』での農民の祈りを連想させる。代表句〈外にも出よ触るるばかりに春の月〉も、月への平和の祈りのようだ。

福田蓼汀　　叶はざる故願ひあり星祭

福田蓼汀《りょうてい》は明治三十八年（一九〇五）、山口県萩町に生まれ、昭和六十三年（一九八八）、八十二歳で没した。母が「ホトトギス」の俳人であった影響で二十一歳の頃に作句している。二十六歳の時に「ホトトギス」に参加。昭和二十三年、四十三歳の時に「山火」を創刊・主宰した。六十四歳で蛇笏賞を受賞している。

蓼汀は日本各地の山々を踏破した山岳俳人であった。次男が奥黒部で遭難死したことを詠んだ「秋風挽歌」三十句で蛇笏賞を受賞した。蛇笏賞の対象は本来、句集であったが、蓼汀は雑誌掲載の俳句で受賞していた。当時は角川源義の単独選考であり句集だけとは限っていなかった。「山火」は岡田日郎が継ぎ、現在、鈴木久美子が代表をしている。

秋雲一片遺されし父何を為さん
秋風や遺品として磧石ひとつ
晩夏湖畔咲く花なべて供華とせん
焚火消す葬るごとく砂をかけ

蓼汀の次男・福田義明が遭難した時の句である。

「短歌的抒情の表現であって俳句的凝集に欠けるとの評もあったが、『人の親の気持をこれほど切実に現わした作は、ひろく文献をさがしても見当たりません』という水原秋櫻子の讃辞をもって是としたい」

と岡田日郎は『福田蓼汀の世界』で述べる。

文献をさがしても見当たらないというのはやや誇張のようだが、写生句が多い当時の俳壇では少なかったようだ。一般的には、俳句は短歌のように抒情を述べるのではなく客観的に物を描写することが求められるが、読者の心を動かすのは作者の感情である。子供が若くして作者の愛する山で遭難死したことは、詠まざるを得なかった事件であり、その俳句が鎮魂の思いにあふれることは親として必然であった。

東日本大震災やコロナ禍や戦禍を詠んでも、読者の心を打つのは鎮魂の心に満ちた句である。「俳句は祈り」ということを私は言い続けているが、優れた俳人は祈りの心をもって句を詠んでいる。優れた句集に共通した俳句観を求めてきたが、その一つは祈りの精神である。

「遺されし父何を為さん」と蓼汀は詠むが、遺された者は何もすることができず、ただ俳句で鎮魂の思いを詠む以外に何もできない。「遺品」は「磧石ひとつ」しかなく、石に亡き人の魂が宿る。亡くなった場所の近くに咲く花は全て供華となる。花には亡き人の霊が籠もる。

縄文時代の土器には動物の絵はあるが花の絵はないという。食べ物として動物に関心があったが、花は食べられないから関心がなかったのであろうか。また死者に花を捧げる風習がなかったのであろうか。旧人、ネアンデルタール人は、私たち新人、ホモ・サピエンスと別の種類の人類だが、六万年前のネアンデルタール人の化石があった洞窟には死者に花を捧げていた跡があったという。花を愛でることは人種により異なるのかもしれないが、現代人も花が死者への供華として使われていて興味深い。

魂魄をとどめんと彫る岩の秋

秋風や身癒ゆるとも心の創癒えじ

この門を出でて帰らず魂迎

亡魂のごとく地獄の月朧

帰らざる山の子呼べば流れ星

次男の死後も長く鎮魂の思いは消えない。

遭難死した子の一周忌の後に〈秋雲一片遺されし父何を為さん〉の句が碑になっている。俳句は「魂魄をとどめん」と思う心のやむを得ない表現である。還暦を超えての子供の死であり、遺体が見つかっていないようであるから、なおさら無念の思いは作者が死ぬまで続いたのであろう。

月を見ても流れ星を見ても、花鳥風月の森羅万象は子供の霊魂の表れに見えたであろう。

花鳥諷詠を非難する俳人がいるが、鎮魂の思いは花鳥風月とともにあることを理解しないようだ。魂の鎮まりへの祈りの心を持たない人が花鳥諷詠を非難する。

花鳥諷詠の本質は、花鳥風月を見れば鎮魂の思いが心の底から生じることであろう。鎮魂の思いを句にすれば類想句だとけなす俳人がいるが、それは大きな間違いである。人の心への同情心のない俳人・評論家である。一生で親族・友人の死に出会うことは少ない。個人にとって切実な体験からくる思いを俳句にすることは類想ではない。難解な句を秀句と誤解する俳人がいる。分かりやすい、しかし深い心が込められている句が秀句とならないのであれば、俳句に関心を持つ人は少なくなるだろう。

叶はざる故願ひあり星祭

作者の願いの具体的な内容は分からないが、作者は星に祈りを捧げざるを得ないものがあったようだ。叶うことがないからこそ人は祈る。実現するものは祈らなくとも実現する。

私事だが、かつて「俳句四季」の七夕まつりの講演で「星への祈り」をテーマに話をした。五月五日や七月七日等の五節句は全て神への祈りである。五節句が古代中国の道教系の行事であったことは『荊楚歳時記』に詳しい。本質的には、不老長寿を祈り、邪を祓うことが目的であった。病気が治ること、あるいはささやかな望みの実現を祈ることが五節句の祈りであった。日本の伝統の多くが古代中国から移入された行事であることは忘れられている。陰陽五行説に依拠して、四季ごとに神々に五穀豊穣や不老長寿を祈ることが、俳句が有季定型であることのルーツであるという仮説を『俳句論史のエッセンス』に書いたが、私の仮説を超えて、短歌が五七五七七、俳句が五七五と有季である論があればぜひ教えてほしい。

露けしやかすかにそれと寿命星

『秀句を生むテーマ』でも述べたが、高松塚古墳やキトラ古墳の天井画に見られるように、古代中国の道教神道では星が神であった。全ての星の神が北極星を中心に回るから北極星が最高の神であり、北斗七星は北極星の守護神であった。山口誓子の〈露けき身いかなる星の司《つかさ》どる〉について述べたことだが、人間の人生・生死を星が司るというのは、古代中国の道教の思想であり、江戸時代まで存在していた陰陽道の思想であった。明治政府が陰陽道や修験道を禁じ、国家神道の道を歩んだために、現代の日本人は道教・陰陽道・修験道についてはほとんど知らず、学校でも教えられてこなかった。
誓子と同じく蓼汀の時代には「寿命星」という考えがまだ残っていたようだ。

濃紫陽花詩に生きんとす敗者われ
南京豆むきて貧しき詩に憑かれ

田螺より愚かに生きて職もなし

髪白きまで山を攀ぢ何を得し

蓼汀は俳句に没頭したために人生の「敗者」と思い、俳句という詩に憑かれたために「貧しき」と思っていた。一般的に小説家に比べて俳人は低く見られている。「愚かに生きて」と長く思っていた。佐藤鬼房の句〈切株があり愚直の斧があり〉に通うところがある。荘子の説く無用の用、芭蕉の説く夏炉冬扇の生き方である。愚かでない生き方、愚直でない生き方の見本は、例えば、官僚になって国民のために働くのではなく政治家が好むように働き、天下りできる団体を作るといった賢い生き方であろう。

雪山に登る殉教者のごとく

銀河曼陀羅かけ荘厳す聖岳

御来光彌宜の烏帽子を染めにけり

神々の座とし春嶺なほ威あり

神の山仏の山も眠りけり

蓼汀は山と俳句の殉教者であり、銀河曼陀羅の下で荘厳する山は神であり、山は神々の座であり、子の眠る所であった。仏の山とは息子の魂の眠る所であった。

鈴木真砂女　　すみれ野に罪あるごとく来て二人

鈴木真砂女は明治三十九年（一九〇六）、千葉県鴨川市の旅館・吉田屋に生まれ、平成十五年（二〇〇三）三月十四日、九十六歳で没した。二十九歳の時に「春蘭」に入会し俳句を始める。四十歳の時に久保田万太郎主宰の「春燈」に投句、七十歳で俳人協会賞、八十八歳で読売文学賞、九十二歳で蛇笏賞を受賞した。

羅や人悲しますす恋をして
夏帯や一途といふは美しく
夫を捨て家捨てて鯵叩きけり
煖爐燃ゆ運の流れに身をまかせ
空蟬やこの身ひとつに苦を集め
すみれ野に罪あるごとく来て二人
萩括る罪ある者を括るごと
騙されし恋と思はず芝を焼く
蛍火や女の道をふみはづし
愛たしかめてよりのやすらぎ鳥雲に
鳥雲に恋にかけたるいのちとや

真砂女の秀句・佳句は彼女の境涯の特殊性に依拠している。俳句の意味は分かりやすく、解説は全く不要である。不倫の恋を貫いたことは特殊であり、自らの人生を正直に告白したことは稀有である。恋の句を多数残した情熱の女流俳人として、丹羽文雄『天衣無縫』、瀬戸内寂聴『いよよ華やぐ』等の小説やテレビドラマのモデルとなった。昭和四年、二十二歳で日本橋の靴問屋の次男と恋愛結婚し、一女を出産する。しかし夫が賭博癖の末に蒸発してしまい、実家に戻る。二十八歳の時に長姉が急死し、旅館の家を守るために長姉の夫と再婚をする。昭和十二年、三十歳の時に、旅館に宿泊した年下で妻帯者の海軍士官と不倫の恋に落ち、出征する彼を追って出奔するという事件を起こした。昭和五十二年、七十歳の時に、四十年間不倫相手だった人が死去する。家庭ある男との不倫を罪と思い女の道を踏み外したと詠むが、男に騙されたとは思わず恋に生涯をかけた。

現実的な条件で結婚する女性や、結婚を前提条件にしなければ恋ができない女性よりも純粋な恋をした。

水商売に生きるほかなき秋袷

蚯蚓鳴く路地を死ぬまで去る気なし

働いて働いて死ぬか火取虫

涅槃西風銀座の路地はわが浄土

昭和三十二年五十歳の時に旅館の家を出て、銀座に小料理屋「卯波」を開店し、多くの俳人が訪れ俳句を残した。銀座の路地を浄土と思い、死ぬまで水商売を続けた。

死なうかと囁かれしは蛍の夜

寒椿の紅凛々と死をおもふ

死ぬことのいやでなき日よ青き踏む
死ぬときも独りか梅雨の灯は明るく
人と遂に死ねずじまひや木の葉髪
罪障の雪に断ちたき命なり
死が見えて来たる齢や居待月
蓼の花ちよつと死にたくなりにけり
突然死望むところよ土筆野に

死を思うことが多かったようだ。恋人と一緒に死ぬことを考えたが、結局は死ねなかったと詠む。不倫を罪と思い、一人で死ぬことを思った時もあった。晩年は自然死・突然死を望んでいたが、平均寿命を超えれば誰しも望む死に方であろう。「断ちたき」「死にたく」「望むところ」といった「〜したき」という願望の句は、祈りの心である。

寒月やこの世に神のあるごとし
神仏に頼らず生きて夏痩せて
祈ること知らぬ女に星流れ

神仏に関しては殆ど詠んでいない。神があると思うのは一句だけあり、無神論者ではなかったようだ。いわゆる神仏に頼るという生き方ではなく、あくまで現実的であったと句からは想像できる。祈らないとはいうが、突然死を望むというのは理想の死に方を祈る心の働きである。

人の世の地獄見ていま蟻地獄

息白く生くる限りは浄土なし
戒名は真砂女でよろし紫木蓮
かのことは夢まぼろしか秋の蝶

真砂女はこの世をすでに地獄と思っていたから、死後の地獄や浄土を信じていなかったようだ。死後の戒名の習慣は日本にしかないが、真砂女は戒名はいらないと思う。人生を夢まぼろしと思うのは仏教的な無常観ではなく、日本人に一般的な思いであろう。「かのこと」とは不倫の人生であろうか。荘子には人生は夢という言葉がある。

くづれ終へし波のいのちや春の風
限りあるいのちよわれよ降る雪よ
瓜揉んでさしていのちの惜しからず

「命」の言葉を直接詠む句は「死」に比べて少ない。海の波をいのちと思うのは、造化・自然の営みを命と思うという荘子的な無為自然の考えである。長生きをしたためか、死に対し拒絶的でなかったのは命の限界を悟っていたからであろう。

遺産なければ遺言もなし鮟鱇鍋
鰯雲遺言状も書かねばと

七十六歳の頃は遺言を無用と思っていたが、九十一歳の頃は遺言状を残すことを考えていたのは興味深い。

生命線長きを亀に鳴かれけり

亀鳴くや人に魔のさすときのあり

亀が鳴くという季語を面白く使っている。亀が鳴くという季語のルーツは分からないとされているが、古代中国の道教では、亀の甲羅を焼き神意を占い、千年生きると亀が鳴くとされ、霊亀と呼ばれた。鶴や亀は不老不死を理想とする道教神道の象徴である。奈良の明日香村には亀石や亀の造形物が残っている。「生命線長き」という言葉は亀が鳴くという季語の本意にかなう。人には魔がさす時があるから、亀の霊で祓う必要があった。

倖せは気の持ちやうや雁かへる

朝顔は実に倖せは小さきに足る

今生のいまが倖せ衣被

自ら欲するところに従って恋をして生きた真砂女は幸せであった。精神的にも苦しい時期があったが、死ぬ直前まで幸福な気持ちを持っていた。幸福は気持ちの持ちようであり、幸福は小さいものであり、いつも今が幸せの気持ちを持って生きていた。

真砂女の秀句の秘密は彼女の生き方から来ている。彼女の秀句は、切れ字や言葉の配合の弄びの表現技巧とは無縁である。人生そのものが俳句の内容であった。真砂女の不倫の恋は不純な人にはできない純粋な恋であった。不倫でない通常の結婚生活が幸福とは限らないと思う人は真砂女の生き方と俳句に共感するのではないか。

安住　敦　　相寄りしいのちかなしも冬ごもり

安住敦は明治四十年（一九〇七）、東京市に生まれ、昭和六十三年（一九八八）、八十一歳で没した。富安風生の「若葉」に投句し、後に日野草城の「旗艦」に投句した。戦後の三十九歳の時に久保田万太郎を主宰として「春燈」を創刊する。草城の句を批判した万太郎と組んだことは「敵の軍門に降って」仕えたことになり、非難が大きかったという。六十五歳の時に蛇笏賞を受賞し、七十五歳の時に俳人協会会長となっている。

「花鳥とともに人生があり、風景のうしろに人生がなければつまらない」との俳句観を『俳句への招待』に述べ、万太郎の俳句観に沿う。敦は、創刊何周年といった祝賀会をせず記念号を出さず、句集の出版記念会もしなかったというところは飯田龍太に似ている。

てんと虫一兵われの死なざりし

終戦時の句である。命が助かったことの喜びが籠もる。天道虫は兵隊の儚い命を象徴する。生前は句碑を作らず、弟子にも作らせなかったが、死後には墓のある目黒の祐天寺にこの句の碑が建立された。

相寄りしいのちかなしも冬ごもり

貧しい男女が狭い部屋で相寄っているイメージが浮かぶ。相寄っての冬ごもりは命の哀しさを表す。日野草城の影響を受けた小説風の句であるが普遍性がある。

四季の本質は四気である。四気の温度が人の心の状態に影響する。冬の寒さが人の心を寒くし、命を哀しくする。一方、寒さ故に夫婦や恋人たちの寄り添う姿が心の温かさを生む。

一年中同じ温度であれば四季の喜びと哀しみはない。四季の変化が人の心を変化させる。自然と心とが深くつながっていることを知るのが俳人である。描写される自然と写生する俳人の心とは別々には存在できない。心と自然は一体である。寒さが冬ごもりとなり、「相寄りしいのち」の大切さを思わせる。

鳥帰るいづこの空もさびしからむに

鳥が帰る時の空はいずこもさびしい。鳥もできれば安全な一か所で自由に暮らしていたいであろう。旅の途中で力尽きて死ぬかもしれない。地球上には四季があり、鳥は、寒くなれば暖かい場所に移動せざるを得ない。四季は四気であり、緯度と経度が四季の気温を決める。鳥も人も命は四季・四気に依存する。「鳥帰る」の季語の本意は鳥の苦しさと淋しさであろう。敦は、俳句を作る前には短歌誌に所属していたという。この句は短歌調である。

誰が触るることも宥さず牡丹の芽
恋文のごとく書き溜め牡丹の句
牡丹囲ひていのちの冬を愛しまむ
眼中に牡丹の花のほかはなし
牡丹見て来したかぶりは隠されず
寒牡丹いのちいたはり生くるべし

敦には牡丹の秀句が多く、牡丹を恋人のように愛していた。西行が桜を愛したように敦は牡丹を愛す。花が大切だと思うことは花の芽を愛することである。牡丹を愛することは自らの命と人の命を愛することである。花の命と人の命に違いはない。花を嫌うことは人の命を嫌うことである。花の命を句に詠めない俳人は、人の命を句に詠めない人である。花鳥風月の命を詠めない人は、人の命を愛することができない人であろう。

汗鹹し友の死悼む言とぎれ
夕爾忌やあがりて見えぬ夏ひばり

友とは詩人の木下夕爾であり、敦は「春燈」の創刊に誘っていた。万太郎は夕爾の句を高く評価した。『文人たちの俳句』で夕爾の秀句を取り上げたが、夕爾は詩人だけでなく優れた俳人である。一句目は、敦が追悼式で涙が出て言葉がとぎれたことを表す。

二句目は一周忌での鎮魂の句である。夏ひばりは夕爾の魂の象徴である。秀句にみる鳥は動物の鳥の写生ではない。特に人の死を悼む句での鳥は亡き人の魂の象徴である。記紀万葉以来の詩歌文学の伝統である。詩歌の鳥は作者の命の象徴である。

みごもりしことはまことか四月馬鹿
万愚《まんぐ》節に恋うちあけしあはれさよ
万愚節人信ぜねば生きられず

四月馬鹿の季題は、とぼけた味があり面白いと自解にいう。敦にはユーモアの句が見られる。三句目は真面目な思いである。疑ってばかり、批判・非難ばかりの人生は自らと他人の不幸を招く。

雛流し松籟《しょうらい》これを悼みけり

和歌山市の加太淡嶋神社での神事、雛流しを見た時の句である。浜辺の松の根方に座って見ていたという。雛人形を海や川に流す神事は中国の道教神道に起源がある。人間の厄を人形に押し付けて流してしまう神事であり、渡来して日本の神道に応用された。木に人形を打ちつけて人を呪うのも同じである。韓国や中国のテレビ映画には人形を土に埋めて呪う場面が見られる。

私は子供の頃に淡嶋神社のある和歌山市に住んでいたので、神社を埋め尽くした人形を夜に見ると不気味で人形に呪われる気がした経験がある。雛を飾ってから流すのではなく、流すことを目的として飾ったと敦は自解する。「悼みけり」というのは雛流しの本意を正しく理解している。

墓の辺の寒さ死はかく寒からむ

敦の母の墓が雪に埋まっていたことを詠む。「死とはいったい何だろう」と自解にいう。生命もまた死もその本質は分からないということを、『毎日が辞世の句』で書いた。私たちは今生きていることだけを知っている。生命の構造はDNAを分析しても分からない。生命を作れないということは、生命が理解できていないということである。命と死の本質が理解できないから、人は詩歌俳句を詠み続ける。

花明しわが死の際は誰がゐむ

友人が自殺して、その時には妻子はいなかったということを思っての句だという。死ぬ時は誰も看取ってくれないと覚悟したようだ。死ぬ時は誰も一人であることを思わせる。

雪の降る町といふ歌ありし忘れたり

敦の最期の句である。この頃は物忘れや記憶違いが多くなっていたという。人は生きるために必要なことだけを記憶する。死に向かうとともに脳は余計なことを忘れるように働くようだ。

中島斌雄

子を載せて白馬その子と霧に消え

中島斌雄は明治四十一年（一九〇八）、東京市に生まれ、昭和六十三年（一九八八）、七十九歳で没した。二十歳の時に小野蕪子の「鶏頭陣」に入門、三十八歳の時に「麦」を創刊した。「麦」は現在、対馬康子が会長として継いでいる。

斌雄は受賞に恵まれなかったためか、今まであまり取り上げられてこなかったのではないか。斌雄は『現代俳句のすすめ――中島斌雄句文集』の中で「新しい難解性」について述べている。「1＋1＝2」は公的事実であり、常識であるが、文学の世界では「1＋1＝3」または「1＋1＝4」にしたいといい、それが「詩人の仕事であり、詩というものの本質なのだと思う」とまで断言している。その面白さを味わおうと努めなければ「詩は難解」となるという。しかし、斌雄は難解な句ばかり詠んでいたわけではない。ここではできるだけ難解でない佳句を取り上げたい。難解な句は難解であるが故に評論としての散文に展開できない。散文化できるということは理解できるということであり、難解でなくなる。難解句を取り上げた評論は難解な文章となり、読者が理解できないものとなる。

子を載せて白馬その子と霧に消え

この句は幻想的なイメージである。白馬が子を載せて霧の中に消えて行ったイメージは何かを暗示している。東山魁夷の名画「白馬の森」を連想させる句である。白馬は私の分身と東山がいうように、子を載せた白馬は斌雄の分身であり詩魂の象徴であろう。

斌雄は「内面の具象」という文章の中で、自らの俳句観と俳句の特徴を語っている。画家のユトリロは、「絵をかくことで、自分でない自分――そして、それこそほんとうの自分自身を表現することができると、感じはじめたにちがいない」「彼が描いているのは、外象ではなく、内象だった」と述べるところは斌雄自身の俳句にもいいえる。「昔ながらの『客観写生』を超えたもの、そこに現代俳句の求める新しい具象の世界が存立するといえよう」という俳句観は、引用句における霧の森に消えた白馬のイメージに表れている。また斌雄は「胸中山水」「胸中風景」という概念を提示しているが、掲句は斌雄の胸中の山水である。斌雄の句は読者の心の中で明瞭なイメージを喚起させるから難解句ではない。ただ読者が日常の世界でよく見るイメージではないために幻想性をおびる。

エビネラン瀟洒に老いて歩み去り
エビネラン人それぞれの別れあり

死の三年前の句であるが最期の作だとされる。「詩人像」という題があるから、詩人として瀟洒に老いてあの世に歩み去りたいという祈りの希求であろう。すでにこの世の人との「別れ」を意識していたようである。心に思ったままの無為自然の境地である。

わが死後も山の月光樅を植う
わが血となる薄塩の鱒雲と霧

六十歳の時、北軽井沢の山房での句である。樅を植えつつ、すでに死を思っていたようだ。自らの死後も、月光は山を照らし、植えた樅の木は成長しているという造化の営みへの思いである。
北軽井沢の雲と霧の中で、命となる薄塩の鱒を食べている。山房では「長いこと忘れていた自分自身を再発見することができた」といい、「落葉松林の木洩れ日に身を横たえ、啄木鳥や栗鼠たちと友だちになることは、自分をみつめることであった」と、句集の「はしがき」にいう。斌雄の句には、松尾芭蕉に通う造化随順の句風が見られる。自然と友達になることは、作者の命と自然の命との共鳴である。

自然の命は、作者の命の死後もそのまま存在している。作者の肉体は死後に焼かれても、作者の精神は詩歌の魂となって俳句に残る。

白牡丹死は跫音をもたず過ぎ

死は跫音もなくやってくる。死は知らない間に後ろからやってくるという『徒然草』の文章を思い出させる。

胸に棲む雲雀術後の夜も昼も

点滴の一滴重し麦の秋

点滴はいのちゴッホの麦の丈

七十二歳の時、入院中の思いの句である。術後の胸にいつも棲む雲雀とは現実の鳥ではなく、心の中の詩魂の象徴としての雲雀である。斌雄は詩的な象徴句を詠んだから難解であると思われているが、分かりやすい詩的なイメージの句も詠んでいた。

点滴が作者の命となっていたことが、ゴッホの絵画の麦に描かれた命を思い出させる。

光り散る教へ子ら冬木光り立つ

笋《たかんな》に手觸れ月日は光なれ

胸光り麦束を積む未来を積む

光の佳句である。教え子が光り散るイメージは教え子の未来を象徴し、冬木が光るのは冬木の命を象徴する。教え子の未来の命と目の前の冬木の命が「光」に象徴されている。二句目の「月日は光」は光陰を意味し、月日と共に笋が成長することを暗示する。三句目の「胸光り」は希望の光である。麦束を積むことが、未来を積むことを象徴する。未来への祈りである。

白樺の芽ぶけば天の瑠璃深まる
沙羅双樹迅き雲觸れ花降らす
辛夷天に銀の蕾をまきちらす

白樺が芽吹けば、空の瑠璃色が深くなる。白と緑と群青色が彩る美意識の句である。迅き雲が触れたことによって沙羅双樹の花を降らせるイメージは幻想的である。辛夷の蕾が銀色となり天にまきちらされている。詩的な美しいイメージである。

たましいの兄がさしたる秋雨の傘

魂を思う句である。「兄逝く」の前書きがあり、「たましい」は兄の死後の霊魂である。兄の霊魂が秋雨に傘をさしてくれたと想像する。兄といつも一緒にいたいという祈りの心である。

羊歯傾ぐ谷の濃霧に神と逢い

神を意識した句である。いかなる神に逢ったのかは分からないが、谷の濃霧の中で神を思う。斌雄は「デーモンのはたらき」という文章で、優れた詩歌のはかりしれない趣はデーモンの働きだという。魂と神もデーモンの一種である。俳句にもデーモンが働く。神は形而上的なゴッドのようなものではなく、濃霧の自然そのものが神秘的な存在であることを表している。

菊供養長き祈りの妻の肩

祈りの句である。

浅草寺の菊供養会は、法話「観世音菩薩と菊慈童」を契機として明治三十一年より始まったという。中国でのルーツは『荊楚歳時記』に見るように重陽の節句であり「菊花の酒を飲まば、此の禍は消ゆべし」とあり、道教神道の不老不死を願う行事であった。中国で仏教を広めるために道教の行事を取り込んだ。浅草寺には菊のお守りがあるが、日本の神社仏閣でのお守り、おみくじ、破魔矢、供養の風習等は全て中国の道教神道から移入したものであることを、日本人は殆ど忘れている。「長き祈り」に斌雄が妻の命を思う気持ちが込められている。

松蟬の一つ澄み入る禱かな

この句も祈りの句である。斌雄自身の何かへの祈りであろう。「澄み入る」の言葉は、欲望の祈願ではなく欲と俗を離れた祈りを表す。詩歌俳句の究極は祈りではないだろうか。

身を伏せて蟹耐ふ怒濤また怒濤

だんだんわかる鴉のことば積もる黄葉

斌雄は怒濤に耐える蟹の身を思いやっている。蟹や鳥といった小動物への共感を抱いていた。だんだんと鴉の言葉がわかってきたようだ。普通の人には鴉の言葉は分からない。鴉をじっと見つめている間に鴉の思いを理解することができたようだ。

墓建てず翅透く虫に身を変えん

雪原に建てて見捨てて己が墓

雪の墓どれも安らぐ煙草つける

死後には墓など無用であり、虫に変身・転生したいと思う時があったようだ。一方、生前に自らの墓を建てていたのであろうか、見捨ててといいながら安らぐ時があったようだ。

瀬々五月師の俤も光りたれ

霜に朽ちぬ塔を建てんと蕪子忌かな

「多磨墓地たる故蕪子先生の奥津城に額づきてのかへるさ」の前書きがある句は師・小野蕪子を深く思っている。蕪子は新興俳句弾圧事件の黒幕だと長く誤解されてきた。黒幕というのは表面には出てこないから黒幕であるが、蕪子が黒幕だったという決定的な証拠を誰も提示していない。全て憶測にすぎない。蕪子は、例えば中村草田男たちに、検挙されないような俳句を詠むように忠告しただけであって、内務省や検察に裏で密告して俳人を検挙させたようなことをした証拠は何も発見されていないから、黒幕と決めつけるのは間違いであろう。平畑静塔は検挙された時に、小野撫子の忠告を聞いて慎重に俳句を詠んでいれば検挙されずにすんだと反省していた。黒幕はそのような忠告をしない。裏ではなくむしろ俳人に働きかけて結果として検挙されないようにしたことだけが分かっていることである。内務省にはずる賢い官僚が多くいたのだから、蕪子の密告がなくとも資料を集めて検挙するだけの頭は持っていたであろう。水原秋櫻子が新興俳句を始めたという間違った憶測と同じく、斌雄が師や先生と呼んだ蕪子は黒幕と決めつけられて、俳壇史で最も誤解されてきた俳人の一人であろう。人を非難する評論家は、具体的で決定的な証拠を提示するべきである。悪いのは戦争を始めた政治家である。

相馬遷子　　冬青空わが魂を吸ふごとし

相馬遷子は明治四十一年(一九〇八)、長野県に生まれ、昭和五十一年(一九七六)、六十七歳で没した。水原秋櫻子に俳句の指導を受け、三十二歳の時に「馬酔木」同人となった。同時に「鶴」同人でもあり、石田波郷に兄事した。六十一歳で俳人協会賞を受賞する。

信州の自然を詠み、堀口星眠、大島民郎と共に馬酔木高原派と呼ばれた。山本健吉は、波郷と同じ境涯性を指摘する。秋櫻子は『水原秋櫻子全集　第七巻』で、遷子を「最も信頼し、最も嘱望していた」という。遷子は十種ほどの雑誌を常に読み、問題になった論戦の双方の論旨を分かりやすく説明したが、自分の意見を開陳したことはなかったと、秋櫻子は文章「遷子君素描」にいう。現在、遷子のような謙虚で勉強家の俳人は少ないようだ。論戦の双方の論旨を正確に理解する人は少ない。他人の評論を読まず、読んでも理解せず、ただ自分の主観的意見を開陳するだけの俳人か、他人の欠点ばかり探す人がいる。齋藤玄によれば、遷子は発言も声音もごく控え目で物静かだったが、物凄く硬い鋼鉄の心棒が一本通っている気風であったという。

死は深き睡りと思ふ夜木枯
冬青空わが魂を吸ふごとし
冬麗の微塵となりて去らんとす

人生末期の絶唱である。

遷子は死を深き永遠の睡りと思っていた。死後は無ではなく、ただ毎日の眠りと同じであった。明日朝に目がさめることを思って私たちは眠る。死とは他人が勝手に決めるものであり、命がある時には死も死後も認識できない。死とは目が覚めない眠りであった。

青空が魂を吸うとは死を直観した思いである。遷子は無神論者だと決めつけた俳人がいたが、「魂」を詠む俳人は無神論者ではない。東洋人にとって、神と魂の違いはない。無神とは無魂である。魂を思う人はどこかで神的なものを感じる。無神論者とは、他人の魂の句を読んでも詩魂の存在を感じない人である。

魂の存在は霊性であり神性である。魂を感じない人は神をも感じない。無神論者はただ「無」だけを残し、「微塵」を残さない。「微塵」とは焼かれた骨という物質ではなく、詩歌俳句でしか表現できない精神的なものである。冬の青空、冬麗が、微塵を吸うのである。魂が微塵となってこの世を去るイメージである。冬麗の中の微塵となってこの世を去ろうという精神は一体何であろう。去るとは、何かがどこかに去るのである。魂の存在を考えないと、「去る」という言葉が出てこない。福永耕二は「肉体を離れた遷子の精神が、いまなお佐久の山河に浮遊し、宙空を漂泊していると思う」と「相馬遷子覚書」で述べていて共感する。

梅酒飲む波郷を思ひ更に飲む
父の墓に参りて父を思ひ出す
青年波郷電気毛布の夢に出て

死者の魂を思うことが俳句を詠む契機となる。遷子は波郷の魂や父の魂を思う。父を思い出すとは、父の魂を思うことである。

遷子が波郷を思う時に波郷の魂は遷子の心にやってきているのである。梅酒は波郷が好んだ物である。魂を思うことの無い人には秀句が出来ない。無神論者は唯物論者であり、物だけを信じ精神を信じないから、心のない駄句か月並俳句か月並写生の句しか作れないようだ。

父の墓に遷子を呼び寄せたのは父の魂である。墓の前で思うのは父の霊魂である。人の真実の思いはＡＩのような機械的な言葉の組み合わせや月並写生句では表現ができない。句集『山河』の後記に「種々啓発をうけた故石田波郷氏の霊に心馳せつつ後記の言葉としたい」という。遷子は句集を編むときに波郷の霊を思っていた。遷子は霊の存在を、霊性の働きを信じていたからこそ、この後記が書かれたのである。青年の波郷が夢に出て来るのは波郷の魂の働きである。夢とは魂の働きだと荘子と芭蕉は思っていた。私たちが遷子の俳句を読んで理解するのは彼の精神であり魂である。単なる物としての活字ではない。青空に吸われた彼の魂は、彼の俳句を読む読者の心で蘇る。故人の秀句を読み感銘したときに、故人の魂が読者の心で生きている。

無宗教者死なばいづこへさくらどき

無宗教者は無神論者ではない。言葉の意味を正確に理解すれば、無宗教者というのは既存の宗教の信者でない。キリスト教の信者ではなく、また極楽浄土を信じる大乗仏教の信者でもないという意味である。無神論者は「死なばいづこへ」という疑問を持たない。死ねば無だというのが無神論者である。「死なばいづこへ」と思う人は、死後の魂はどこに行くのか分からないという不可知論者である。無神論者は、死ねば終わりだから、「死なばいづこへ」という考えは出ない。「いづこ」というのは、この世かあの世かのどこかである。作者の魂は作者の作品を通じて読者の心に入ってくる。

病みて見るこの世美し露涼し

鵙鳴いてこの世いよいよ澄みまさる

波郷の句〈雁やのこるものみな美しき〉を連想させる。病や死を思うとこの世の自然が美しく見える。芥川龍之介が遺書に残したように、末期の眼に自然は美しい。若い頃には感じなかった自然の美しさが身にしみいる。死を意識すれば、魂が澄んでくる。

美しき虹なりしかば約忘る

田植見て心みどりに染まりけり

濃く浄き秋の夕焼誰も見ず

雪嶺の光わが身の内照らす

鳴く虫の命を切に思ふ夜ぞ

鳴く虫のひとつひとつに星応ふ

美しき虹、緑に染まる田植、濃く浄き夕焼、雪嶺の光、鳴く虫と星の輝きは造化・自然の美である。美しき自然を詠むことは、高濱虚子の「ホトトギス」であれ、水原秋櫻子の「馬酔木」であれ違いはない。自然が美しくなければ、この世は地獄である。秋櫻子は美しき自然を主観的に表現し、虚子は客観的に表現しようとしたのである。無季戦争句を詠んだ新興俳句と秋櫻子の求めた世界は全く異なる。秋櫻子が新興俳句を始めたという意見が多いが、秋櫻子自身がはっきりと否定した、間違った考えである。秋櫻子や波郷が本当に秋櫻子俳句の本質を引き継いだのである。

戦争の地獄、社会の地獄的風景ばかり詠んでいても詩的な歓びは少ない。戦争のない世界の美しさを詠むことが俳句の究極の使命・価値である。正岡子規がいうように俳句の目的は「美」である。写生自体は詩歌の目的ではない。戦争のない世界で、地獄的社会のない世界で人は何を詠むのか。戦争のない世界で詠むのは平和な世界、美しい造化・自然の姿である。自然の美しさとは自然の命の大切さである。自然の命とは自然に籠もる魂である。美の希求は平和の希求である。私たちの命が美しいからこそ、自然の命の美しさに感銘を受ける。命の美しさを守ることはそのまま平和を希求することであり、戦争反対が前提であることが理解されていないことは残念である。

飯田龍太は『秀句の風姿』の「山河遼遥」で遷子の句は「ことごとく絶唱」であり、「一句一句に、無尽のおもいが湧く。しかも、無言を強いる。見事な句だ、と讃えることさえはばかられる凄絶の諸句。凄絶だが、いうにいわれぬ温みを、そして懐しみを伝えてくれる」と絶賛した。龍太が遷子を褒める文章は真剣である。評論・批評とは褒めることのできる秀句だけを選び、秀句としての評価理由を述べることであり、忖度しての仲間褒めや過去の文献を漁る研究論文でもない。俳句を通じて作者の魂に共感・共鳴することのない人が遷子論を書いても、それは俳句に無縁の人が書いたも同然である。魂の共鳴がなければ読書の意味も文学がこの世に存在する意味もない。遷子の心・魂が自然の美しさに感動しているからこそ、遷子の読者は遷子の俳句に感動するのである。

「鳴く虫の命を切に思ふ」ことのない読者には遷子の心を理解できないのであり、〈田植見て心みどりに染まりけり〉と同じく心が緑に染まらない読者には遷子の精神を理解できないのである。そういう遷子の心が魂となって青空に吸われて消えたのであり、冬麗の微塵となったのである。

三谷　昭　　暗がりに檸檬泛かぶは死後の景

三谷昭は明治四十四年(一九一一)、東京府に生まれ、昭和五十三年(一九七八)、六十七歳で没した。「京大俳句」「天香」等に参加し、昭和十五年、新興俳句弾圧事件で検挙された。戦後は「天狼」「俳句評論」等に参加、現代俳句協会の初代会長を務めた。

ほろびゆくスバルよ檸檬しぼりつぐ
暗がりに檸檬泛かぶは死後の景

一句目は昭和九年、俳句を作り始めて一年後の句である。スバルの星をみながら檸檬を絞る。二句目は一句目より三十数年後(死の十年前)に詠んだ昭の代表句であり、塚本邦雄が『百句燦燦』で高く評価した。昭は「わが死を美しく彩どりたいための恣意」と自解する。昭が梶井基次郎の名作「檸檬」を読んでいたかどうかは分からないが、梶井を魅了した檸檬の美しい形と色は、昭の死後の魂のイメージとして心に浮かぶ。

禱りのごとし胸にひろがる日本悲歌

戦後すぐの句であり、敗戦した日本人の悲しみが心に広がり、その悲しみから回復することを祈る。昭は長く祈りの心をもっていた。俳人達が検挙され敗戦に至った悲しみであろう。俳人が政治運動をすることは難しく、人事を尽くした後は、ただひたすら祈るほかはない。

墓のうら蜥蜴となりて遊ぶあいつ

胸に夜々梟が棲み呆と鳴く
死ぬために天上帰る雁ならめ

これらの句に詠まれた蜥蜴・梟・雁は、動物を見たまま写生したものではないようだ。蜥蜴に変身したのは「あいつ」だと詠む。俳句からは分からないが、墓に眠る友のようだ。夜々に鳴く梟は森で鳴いているのではなく、作者の胸の中で鳴く。これらの二句は友人の魂であろう。戦死した友人であろうか、幸福な死に方をした人ではないと思われる。天上に帰った雁もまた、死ぬために天上に向かったというイメージで、戦場を思わせる。

ザボン吸ひまつかな丘に登つて睡る
冬のいろ濃くなる旅を英霊と
鬱然と妻を愛しぬ世苦の中

これらは検挙される前に詠まれた句である。昭が検挙された時に、句の「ザボン」は資本家階級であり、「まつかな丘」は共産主義社会の実現された姿の暗喩と解釈されたという。英霊は戦死者の魂である。世の中は「苦」と当時の情勢を詠んでいた。

俳句と俳句史は読者の主観的立場によって、誤解されることが多い。他にも秀句・佳句は多いが、ここでは昭の『俳句史論集』を取り上げたい。新興俳句弾圧事件で検挙された側からの意見を知ることができる。『現代俳句大事典』では「新興俳句」について、「『ホトトギス』から『馬酔木』の独立したことに伴い新しい俳句運動が起こり、これを『新興俳句』(金児杜鵑花の命名という)と呼んだことに由来する」「秋櫻子が無季俳句批判を行い新興俳句運動から離脱したとされている」と書かれ、今も多くの人が誤解している。秋櫻子が新興俳句運動を始めたことや、その運動から離脱したという歴史的事実はない。秋櫻子の俳句活動と新興俳句運動とは、その始まりから本質的に全く別の活動である。同じ活動と混同することは秋櫻子の俳句観を正しく理解しないことであり、無季戦争句をも正当に理解しないことになる。なぜ検挙されたかの歴史的真実を正しく理解しないと、検挙された俳人の霊が浮かばれない。

議論の解決はただ一つである。秋櫻子自身が新興俳句を始めたと考えていたのか、新興俳句を始めて途中で運動から離脱したという考えを持っていたのかが最も重要である。秋櫻子は他の運動とは無関係に自らの俳句観・信念を貫いただけであり、反・虚子の俳人たちが勝手に新興俳句のレッテルを貼り、勝手にそのレッテルをはがしただけである。

「俳句研究」の対談で久保田万太郎は秋櫻子に、「馬酔木」の句と新興俳句の句は大分違うがと質問し、秋櫻子は「新興俳句は私が名付けたわけぢやないのです。私達の俳句を他の人が新興俳句と命名」したといい、「馬酔木は新興俳句から落伍してしまつたなどと云はれるので一体何のことやらちつとも分らないのです」と答えたことを、松井俊彦は『昭和俳壇史』で紹介する。瀧春一は「秋櫻子・誓子と新興俳句」(「俳句」昭和五十五年五月号)で、「天の川あたりで新興俳句なんて騒いでいるけれど、あんな俳句は一時的流行で泡のようなものですよ」という秋櫻子の言葉を紹介する。新興俳句に括られるのを嫌がった秋櫻子本人の気持ちが歴史の真実である。秋櫻子は新興俳句運動とは全く無関係に自らの俳句観を貫いたが、他人が勝手に新興俳句と決めつけただけである。

加藤楸邨は秋櫻子の「馬酔木」独立を当初は新興俳句と呼んでいたが、「新興俳句という呼称は先生自身潔しとせられない」と『加藤楸邨初期評論集成』に述べる。楸邨は「馬酔木」の独立を新しい活動と信じて秋櫻子の嫌がった新興俳句の名前を使ったが、人間探求派と括られて後は自らの俳句に集中した。楸邨が当初考えていた新興俳句は人間探求派的俳句であり、無季が本質であった新興俳句とは全く異なっていたのである。同じ「新興俳句」という言葉が人により全く異なった意味で捉えられていた。

松井の『昭和俳壇史』によれば、金児杜鵑花が「俳句月刊」に「新興馬酔木」と書いたという。これが「馬酔木」を新興俳句と誤解した始まりであろう。「新興俳句」の言葉は、河東碧梧桐がすでに自由律につけていて、志田義秀が「プロレタリア俳句」の代名詞に使っていた。秋櫻子とは無関係に、自由律やプロレタリア俳句の名称として新興俳句が使用され、杜鵑花が新興という名前を馬酔木に付けたことによって、新興俳句の名が秋櫻子に適用され、反・虚子の俳人たちが自らの俳句を「新興俳句」と思ってしまったのである。秋櫻子自身が明瞭に自ら新興俳句を始めたことを否定したのだから、他人が勝手に誤解してはいけない。

『対談　近代俳句』で楠本憲吉が秋櫻子にインタビューをしている。「馬酔木」で高屋窓秋が無季俳句を詠みだした時には窓秋に、「馬酔木」から「別れなくちゃならない」と忠告し、窓秋は離脱したという。窓秋は秋櫻子の影響で新興俳句を始めたのではなく、窓秋が新興俳句に入ったのは、窓秋が無季俳句を詠み「馬酔木」を離脱した時である。秋櫻子は有季を死守した。窓秋が新興俳句の句を詠んだからその師の秋櫻子も新興俳句だというのは、主宰と門下生の俳句観を誤解した意見にすぎない。

昭によれば、「馬酔木」は「運動全体の連帯感」は「はじめからほとんど見られなかった」ので「馬酔木」を加えることは「ためらい」があるが、反「ホトトギス」の態度が清新な気風をもたらした功績は大きいという。秋櫻子の運動への連帯感は初めからないのだから、新興俳句を始めたことも戦列を去ることもないのである。

昭和五〜六年頃から「土上」では秋元不死男たちの進歩的分子が強力な牽引者の役割をし、急角度に新興俳句建設の道に突進したと昭はいう。秋櫻子が「自然の真と文芸上の真」を発表したのは昭和六年だから、それ以前に不死男たちは反戦・反政府の考えを出していた。

秋櫻子の動きと新興俳句の動きとは時期的に同じであるが、内容的には別の運動であった。反・虚子の俳人は同じ運動だと混同・誤解し、秋櫻子のネームバリューを利用した。新興俳句は無季を認めるリアリズムであり、秋櫻子は無季を認めない抒情的主観的ロマンティシズムという別の俳句観であった。

秋櫻子が奈良の古都を詠んだ主観的・ロマン的・伝統的な句風は新興俳句の誰も継いでいない。俳句の中身を検討しないで秋櫻子を新興俳句と呼んではいけない。秋櫻子は「花鳥諷詠の精神を全面的に否定」したのではなく「新花鳥諷詠」と呼ばれ、虚子と秋櫻子の理念に違いはないと昭は述べる。昭は弾圧事件での検事局について「彼等の見解は彼等の立場に立つ限り決して謬ったものではない」「ヒューマニティの確立は、彼等の意図する軍閥支配の方向とは全く相容れぬものであった」という。

昭や平畑静塔は弾圧を政府側からみれば当然と理解していた。「秋櫻子・誓子なくしても、俳句新化の動向と気運は当時の俳句界に芽生えた」という理解が昭の結論であり、客観的な歴史的真実であり、それこそが検挙・弾圧された俳人の正当な鎮魂のために必要である。

文挾夫佐恵　　雪深く祈りの象嶺も家も

文挾夫佐恵は大正三年(一九一四)、東京府に生まれ、平成二十六年(二〇一四)、百歳で没した。二十歳の時に「愛吟」に入会、三十歳の時に「雲母」に入会、四十七歳の時に「秋」創刊に参加、八十四歳で「秋」主宰を継いだ。現代俳句協会賞、俳句四季大賞、桂信子賞、蛇笏賞を受賞している。

去年今年白駒音なく眼前《まさか》過ぐ
新緑や白駒過ぎゆく足早に
雪をんなわれ連れゆくか汝の国へ
夏草や幾多の魂の声聞けり
夢幻わが生死《しやうじ》の間《あひ》の冬桜

九十九歳の時に蛇笏賞を受賞した句集『白駒《はくく》』の題名は『荘子』に依拠している。福永光司『老子荘子』の訳によれば、「人、天地の間に生くるは、白駒の郤《げき》を過ぐるが若く、忽然たるのみ」(人がこの天地の間に生きているのは、ちょうど白馬が走り去るのを戸の隙間からのぞき見るようなもので、あっという間のできごとだ)という文である。松尾芭蕉は荘子を神のように尊敬し、人生の無常迅速を荘子から学んでいる。荘子はこの文の後に「魂魄が離散しようとするとき、肉体もそれに従って大いなる本源に回帰するのだ」と説く。釈迦も人生の無常を説いたが、荘子と異なり魂魄を認めず、ただ無だけを説いた。女性の現代俳人で、荘子を深く理解し俳句創作に影響したのは津田清子と夫佐恵である。津田清子と荘子の関係を深く論じた私の『句品の輝き』は、亡くなる前に津田から高く評価されて、「墓碑銘の代わりに」といわれ購入していただいたことは忘れられない思い出である。江戸時代の俳諧師の必読書とされた『荘子』を理解する現代俳人は少ない。荘子は西洋哲学のような難解な思想ではなく、イエス・キリストや釈迦や孔子のように人生の倫理を強要しない。無為という、思想でない自由な思想を説いた。芭蕉や、現代俳人の森澄雄、津田清子、夫佐恵が魅せられた精神の自由である。

夫佐恵は、死後には雪女のすむあの世に行くことを思う。過去にあの世に去った人たちの魂を思う。「夏草や」の句は、芭蕉の句〈夏草や兵どもが夢の跡〉と同じく、人生無常の彼方に去った魂の声を夏草から聞く。芭蕉と夫佐恵にとって、「夏草や」は意味の切れのある切字ではなく、夏草そのものが故人の魂を思い出させる重要な働きをしている。「や」の切字があるから全て意味が切れていると解釈することは間違いである。荘子の白駒は冬桜のような生死の間の夢幻であった。人生は夢のようだというのも荘子の言葉である。若い人はこれからの人生を夢とは思えないであろうが、平均寿命を過ぎると人は過ぎ去った人生を夢・幻と思うのではないか。

春愁《はるうれひ》いま在ることを宜《うべな》へり
寒夕焼消えゆくものの美しき
思はざる長寿授かり鳥総松
秋夕焼我に遺せしものありや
長寿とは何程のこと秋寂ぶや
秋祭見て逝きたるをよしとせむ

最後の句集では、九十歳を超えて生きることを肯定する。寒夕焼の消える美しさを詠み、自らの人生の命の美を象徴した。死後に何を残そうとしたのだろうか。人はいつまでも生きていたいと思う生存の欲望にはきりがない。夫佐恵は「長寿とは何程のこと」と疑問に思う。秋祭を見てあの世に行きたいと思う。死を思う句に「秋」の言葉があるのは、主宰した結社の「秋」をかけていたようだ。また人生の最期を冬として、その前の秋の時期を思ったようでもある。

白椿一花揺れをり魂の色
初茜幸《さき》魂《たま》賜れこれの世に
反魂草黄にかたまれり魂の数
老い痴れて魑魅魍魎と春惜しむ

「白駒」に人生の無常と魂の永遠を見たように、「白椿」には自らの詩魂の色を見る。「初茜」にはこの世に幸魂の到来を祈る。「反魂草」は死者の魂をこの世に呼び戻す薬草であるが、日本では間違った草に名付けたという。黄色の花の数に霊魂の数を諧謔的に思ったようだ。老いた作者は魑魅魍魎の霊的な存在と春を惜しむ。作者が霊的な存在を思うことは、飯田蛇笏の「霊的に表現されんとする俳句」という題の優れた評論と、秀句〈たましひのたとへば秋のほたるかな〉の系譜にあるからだろう。

神代より続く笛の音秋祭
老い我も祭の渦に巻かれけり
神田祭の地こそまほろば火取虫
老いてゆく日々止まれかし秋祭

夫佐恵は祭が好きだったようだ。秋祭や春祭で日本人が一年の五穀豊穣を神に祈り感謝することは、古代中国の春社・秋社で祀りをする道教神道が渡来してきた影響である。九十歳を超えて「祭の渦」を感じ、神田祭の渦こそ「まほろば」と思うほど祭が好きだった。老いてゆく日々が止まれというのは切ない祈りである。

「熱情《パッション》」といふ薔薇咲けり我老いぬ

詩湧く泉求めて今日も小さき旅

九十の恋かや白き曼珠沙華

九十歳を超えても、まだ熱情を持って句を詠んだ。その熱情は「詩湧く泉」すなわち詩魂であった。吟行の旅を通じて詩を希求する魂の情熱である。九十歳を超えての夫佐恵の詩魂と比べると、若手を含め今日の多くの俳句は詩へのパッションに欠け、言葉の思い付きの配合による技巧的な句を詠んでいるようだ。技巧的で前衛的な配合の句はＡＩに任せよう。夫佐恵はＡＩに詠めない句を詠んだ。九十の恋は白い曼珠沙華に向けられていた。恋の情熱は人だけでなく花も対象である。

月光を五月の海は吸ひて妖し

水底にピアノを聴けり五月の夜

鰯雲美しき死を夜に誓ふ

第一句集『黄瀬』には月並写生でない詩的な想像句が見られる。

五月の海は月光を吸い妖しい姿である。水底から聞こえてくるピアノの音を聴く。「月光」「海」「水底」の句の言葉は、芭蕉の句〈月いづく鐘は沈める海の底〉の言葉「月」「海」「底」を連想させる。芭蕉は鐘の音を聴いてはいないが、写生を超えた発想のユニークさにおいて通う。若い頃は美しき死を希求する情熱をもっていた。

火の性《さが》にあらねど凌霄花《のうぜんかづら》好き
木犀の香まみれに羽化登仙す
桃は実にシテは女人や「西王母」
冬天の碧《あを》の極みへ魂《たま》昇る

「火の性」は「熱情」の句に通う。凌霄花の朱の色はパッションを象徴する。木犀の香りに包まれて天上の仙界に昇ることを夢みていた。桃を西王母から奪って月の仙界に昇った嫦娥の道教神話を、今の俳人は忘れているようだ。道教の影響を受けて、『古事記』や桃太郎伝説で、桃は鬼を退治する。魂が羽化登仙したい仙界は碧色の極みの天の世界であった。

夫佐恵のような深い美意識・霊的意識を現在の俳人は失ってしまったのではないか。

雪深く祈りの象《かたち》嶺も家も

雪に埋もれた白川郷の山々の峯の形も合掌造り集落の家の形も祈りの姿を表す。雪に閉じ込められた人々の春への祈りである。夫佐恵はいつも何かを祈っていたようだ。

「前衛の人間不信、自然の風景の中の透明人間、そのいずれからも人生人事に引戻さなければならないが、さりとて、境涯にのめり込んでしまうのも困る」とは夫佐恵の俳句観である。社会性や前衛性俳句の、情を失った「人間不信」、月並写生の「透明人間」という言葉は厳しい批評である。俳句とは祈りの象を求めた結果に生じるものであろう。祈りの心のない俳人は傲慢となる。

林　翔　一花だに散らざる今の時止まれ

林翔は大正三年（一九一四）、長野市に生まれ、平成二十一年（二〇〇九）、九十五歳で没した。短歌誌「装塡」を経て、二十六歳の時に「馬酔木」に入門、五十六歳の時に能村登四郎創刊の「沖」に編集長として参加した。俳人協会賞、詩歌文学館賞を受賞している。國學院大學では折口信夫（釈迢空）に師事し、俳句の前に短歌を作っていたからか、短歌的抒情性と一句一章的な秀句が多い。

秋風の和紙の軽さを身にも欲し
枯葉言ふ「最期とは軽いこの音さ」
骸なりけり風より軽き秋の蟬
草の実の手にあるごとし無きごとし
昂然と今無為ならぬ懐手

林翔は生涯にわたって自然の中の軽さに注目した句を詠んでいる。和紙、枯葉、蟬の骸の軽さを詠む句は、芭蕉が晩年に辿り着いた俳句観の「軽み」を連想させる。芭蕉の「軽み」は荘子の無為自然の心に基づくことは『毎日が辞世の句』『俳句論史のエッセンス』で詳しく述べた。芭蕉の辞世の句は純粋な軽みの句であるが、重い句だと誤解する俳人がいる。枯野を旅する芭蕉の詩魂は、翔の詠む枯葉の最期の軽さに通い、手の中の草の実の軽さにも通う。軽みは軽薄とは正反対の心であり、無為・虚心という、精神の自由に依拠し、自然・造化と一体化することである。議論や批判・非難ばかりを生む頭の重さから離れて無為自然の造化現象と一体になるという、荘子の「万物斉同（万物平等）」「万物皆一（万物一体）」の心に通う。

難解な思想ではなく、思想とは言えない思想である。自然の命に俳人の命・心を移入して同化することによって、命の存在の喜びを感じる精神である。

光年の中の瞬の身初日燃ゆ

この句は森澄雄の句〈億年のなかの今生実南天〉を連想させる。光年の中の一瞬の生命は億年の中の今生の命である。初日の燃える赤は実南天の赤い命の輝きに通う。澄雄の句は、澄雄が尊敬した荘子の「虚実」の思想に従っている。虚とは現代人が考えるウソという意味ではなく、現実の自然を包む大きい宇宙的な世界を意味する。目に見える物は目に見えない大きい「気」に包まれている。「億年」や「光年」の宇宙的時間と空間が「虚」であり、実南天や初日が「実」である。芭蕉や荘子の説く「虚実」の意味ほど、現代の俳人や評論家に誤解され、無視されてきた言葉はない。

いぬふぐり一花一花に深空あり
空がもし砕けなばこのいぬふぐり

いぬふぐりを詠んだ佳句である。花の色に空の青を思うのは類想的だが、翔の発想はユニークである。自然の中の美を意識する句風は師・水原秋櫻子に通う。芭蕉以来、無数の俳句が今までに詠まれてきて、現在の俳句はともすると類想に近くなってしまう。上五・中七・下五のどこかの言葉に作者ならではの個性的な発想があれば秀句となる。同じ物を見た写生でも、五七五の一部がユニークであればよい句とされる。

鰯雲老いを知らざる天の艶

鰯雲で意味が切れているのではない。鰯雲という自然の美は天の織り成す艶であり、自然は天という造化の艶である。芭蕉が尊敬した荘子の説く天地の造化随順や万物斉同の心に通う。

薺打つ音黄泉よりの母の音
薺打つ音が母呼ぶ亡き母を

翔は生涯にわたり母を思う。生みの母ではなく育ての母のようであるが、俳句ではどちらかは分からない。薺を打つ音が翔に母を思い出させる。薺打ちは、俳句の歳時記のルーツである『荊楚歳時記』に詳しい。人日の夜に鬼車鳥(梟の属)が飛んで女子の魂を取るため、家々では戸を閉め七草を打っていた。『志那民俗誌』は、「唐土の鳥の渡らぬ先に」と唄い、七草を打ち鳥の凶事を祓ったと述べる。人日のルーツは七日に死刑を行い、死体を生贄として神に捧げた儀式であり、後に人の代わりに人形《ひとがた》を捧げた。俳句に季感があるルーツは四季の神に祈った道教の神道に遡ることができるが、殆どの俳人は有季と定型のルーツには無関心のようだ。母を思う句も類想的になるが、黄泉の国からの母の魂を感じるのも、あの世から母が呼ぶのも作者の霊的でユニークな発想である。

一花だに散らざる今の時止まれ

翔自身の好きな句だといい、句碑になっている。満開のまま時間が止まってほしいという祈りの句である。人生の幸福な瞬間への思いでもあろう。俳句に自然の一瞬をとどめるのは祈りの働きである。

百漉けば百の祈りや紙漉女

紙を漉くごとに上手にできるよう祈りを捧げる女性の謙虚さを、翔は女性の気持ちになって詠む。深い祈りの心がなければ女性の気持ちを推し量れない。自然であれ人であれ、対象の気持ちになって句を詠むことが秀句を生むことに繋がるであろう。いい仕事をしたいということは祈りの心である。

白桃のかくれし疵の吾にもあり
端居してこの身このままこはれもの

美しく見える白桃にも傷が隠れているように、自らの精神にも疵を感じていたようだが、疵とは何か欠点のようだ。自らの身体を「こはれもの」と思っていたが、精神的なものも含むようだ。謙虚な心を持って句を詠む俳人である。

脳味噌といふ味噌黴びて物忘れ

この句は、翔が駄洒落を言うことが好きだったという話を思い出させるが、ユーモアの句はあまり多くない。

ものの芽に触れをり指も芽吹かむと
指といふ妙《たへ》なるものが粽解く
夜寒よと語るか指が指に触れ

翔の指への関心はユニークである。指の働きは神秘的である。動物の中では人間がもっとも指を器用に動かし、道具を作ることができる。一句目では、自然のものの芽を見て自らの指も同じような現象を起こすと詠む。粽を解く指の動きに感心している。三句目の指は妻の指に触れたようだ。指の句にはエロティシズムがある。大切な約束は指切りで行うことを思わせる。

ピアノ涼し音が音追ひ音に乗り

降る雪の奥も雪降るその奥も

音楽的なメロディーを持つ句である。ピアノの音が連続して流れる聴覚的なイメージと雪が絶え間なく降る視覚的なイメージである。

秋日燦神が賜《たば》りし齢なり

石笛に木《こ》の花咲くや神《かむ》ながら

影が添ひ死神が添ひ冬日向

魍魎とゐて冬の夜を愛しけり

翔は折口信夫に師事し、霊的・神的なことに関心を持っていた。八十四歳の頃まで生きることができたことを神に感謝する。二句目は、ラジオで石笛を聴いて作った句だといい、富士山の祭神である「木の花咲くや姫」の神を連想する。

死神をテーマにした連作の中では、死期が近くなってきたことを死神が添うと思っていた。冬の夜には魑魅魍魎という不思議な存在を思う。詩性の奥に霊性が隠れていることは登四郎の句に通い、大学での師・折口信夫の霊性の影響があるようだ。霊的といってもお化けやオカルトや新興宗教ではない。この世の自然の命は神秘的であり科学や理性で解明できず、不可解であることを神・霊と呼んでいる。

老いはかく音もなく来る花八つ手

籠の螢余命の光かすかなり

甘美なる死のさまとも思ふ朝寝して

枯葉舞ふ死にも悦楽あるごとく

辞世の句のおもむきがある。五十歳の頃には、音もなく忍び寄る「老い」を感じ、八十歳を超えて「余命」がかすかであることを感じる。死に対しては、恐ろしいとか嫌だとかの思いはなく、むしろ死は甘美であり、悦楽であると肯定的に捉えていた。

汗し思ふいつか死ぬただそれだけと

「老教師の葬儀に　二句」の前書きのある一句である。死に対しては、宗教的な境地には無縁であるが唯物的でもない。事実として人は不死でなく、いつかは死ぬという覚悟である。

わが庭のごとく枯野をゆく齢

芭蕉の最期の句〈旅に病《やん》で夢は枯野をかけ廻《めぐ》る〉を無意識に思ったようだ。枯れた庭を見て齢が過ぎていく速さを感じ、枯野を駆けめぐる詩魂を思ったようだ。

燃えながら吾も散りたし紅葉どき

死に近い頃の紅葉の句は、森澄雄の〈美しき落葉とならん願ひあり〉の句を連想させる。紅葉のように燃える詩魂として散りたいと思う翔の心は、澄雄の美しく赤い落葉として散りたいという思いに通う。優れた俳人の秀句に通う同質性である。どのように死にたいかを詠むことも大切なテーマである。美しい心を持って死にたいという祈りの詩歌である。

齋藤　玄　死が見ゆるとはなにごとぞ花山椒

『毎日が辞世の句』で齋藤玄の一句を紹介した時に、句を読まれた読者が玄の全集を探し求めたことを「俳句四季」の「読者の広場」で知ったが、批評家としてはうれしい反響であった。突き詰めれば、評論家にできることは優れた俳人の秀句を紹介することであり、その句と解説を読んだ読者がその俳人の句をもっと読みたいと思えば、評論の使命は果たされたことになる。作品の良さを紹介しない俳句論は評論ではないだろうが、秀句の良さを解説することは、難しいことである。評論の業績だけで文化勲章を受章した山本健吉の『現代俳句』を誰も超えることはできないと、長く言い続けられてきたことを痛感する。

齋藤玄は大正三年（一九一四）、函館市に生まれ、昭和五十五年（一九八〇）、六十五歳で没した。句集『雁道』が蛇笏賞を受賞した報を聞いた一か月後であった。最後の昏睡に落ちる寸前まで句作をしたという。

二十三歳の時に「京大俳句」に参加し、西東三鬼に師事し、昭和十五年、郷里で「壺」を創刊したが四年後に休刊した。昭和十八年、石田波郷を知り「鶴」に投句、昭和四十三年、個人誌「丹精」を発刊した。妻の癌死を題材にした「クルーケンベルヒ氏腫瘍と妻」と題する句群によって俳壇に復活し注目され、昭和四十八年、「壺」を復刊した。

『雁道』の後書で「雁の通る道」の意味について「雁が通らなくともそこに存在する。時には見え、時には消え、在って無きがごとく、無くて在るがごとくである。これは今後の私の命のありようと、俳境のありようを示唆しているような氣がする」という。玄にとって命とは、時には見え、時には消え、在って無きが如く、無くて在るがごときであった。俳句の難しさは命を表現することである。「この頃は俳句のおそろしさとむずかしさをひしひしと感じる。一日一日これに堪えて、生きる限り句作りを續ける宿命なのであろう」という言葉は、真剣に生死を見続けることの恐ろしさと難しさ故であろう。

死期といふ水と氷の霞かな

白魚をすすりそこねて死ぬことなし

死が見ゆるとはなにごとぞ花山椒

『齋藤玄全句集』最後に見る絶句の三句である。自らの死を見つめた透徹した句である。もうすぐ死ぬことを意識した玄は死を前に言葉を失っている。死を知ることとはいったい何なのか自問するが答えは出ない。

寒雀靈安室を飛んで來し

滿開にしてふつと消ゆ桃の花

雪には舞ふ遊びわれには睡る遊び

なんとなく彼岸の空は澄みにけり

これらは死の年の句である。寒雀は霊安室から出た霊魂の姿のようだ。満開の桃の花は自らの一生の命の象徴であり、ふっと消えるのはもうすぐ死ぬ自らの命の予感であろう。病を得てただ睡る喜びだけを感じる。すでに彼岸の空を感じるまでに心は澄んでいた。

鳴きそめしつくつくぼうしいづれ死ぬ

きりぎりす飼ふは死を飼ふ業ならむ

死を見つめた句である。いずれ死ぬのは、つくつくぼうしだけでなく自らの命でもあった。きりぎりすのみならず、猫や犬といった動物を飼うというのは死を飼うことを覚悟するという、無常の思いが込められている。芭蕉の〈頓《やが》て死ぬけしきは見えず蟬も声〉のテーマに通う。蟬も人間も同じ無常の死に出会う。命の無常を詠むことは一般的な評論家の論では扱いにくい。無常感を読者として共感するほかはない。

少しだけ死にたくなりぬ露の玉
風邪十日死ぬるを思ふいとまあり
美しきもの死と秋の水とのみ
病中のはたと美し青山椒

死に対してやや心のゆとりが感じられる。死にたくはないと思いつつ、もう死んでもいいのではと思う時があった。風邪になった時にも死を思うゆとりを持つ。死を覚悟したようだ。死を美しいものと思うゆとり、青山椒を美しいと思う心のゆとりを持つ時もあった。命や死を見つめ、その思いの変化を俳句に詠むことは、俳句のテーマとして大切なことであるが、俳句論では見過ごしがちである。

残る生《よ》のおほよそ見ゆる鰯雲
白息を生《いき》のすさびと美しく
いのちより翳りゆくなり秋の水
秋の水生のきはみをよく映す

ひたすら命を思う句である。すでに病が悪化して、残った命が見えてきた思いである。白い息もまた命のすさびと思い美しく感じる。命の翳りを実感し、秋の水に命の極みの美しさを感じていた。生死を思う純粋な魂の詩である。

たましひの繭となるまで吹雪けり

たましひのあまたのひとつ時雨鯉

たましひの七分去りたる木槿たち

齋藤玄が死を突き詰めて見ることができたのは、命の根源としての魂の存在を何時も見つめていたからである。魂が繭と凝り固まるまでこの世は吹雪く。吹雪の中で、心は雪で真っ白になり、その上にまた雪が降り白い雪で魂は固まり繭のようになる。魂は「たま」と発音するように「玉」のイメージがあった。日本で天皇の体を「玉体」と呼ぶのは、中国で皇帝の体や命を「玉」と呼んだからであった。『万葉集』の枕詞「またまなす」のルーツである。「真玉」は道教神道では聖なる魂の象徴である。玄の魂のイメージは玄に固有の姿をとる。時雨鯉もまた魂の姿であり、七分散った木槿の花は七分の魂が抜けたというイメージであった。

命の根源には魂があるという詩人の直観と信念である。魂があるかどうか理性的・哲学的に考える人は良い俳句を詠めないだろう。季節感とともにある魂への思いを率直に詠む態度が秀句を生む。

鯛料る只今ばかり涅槃かな

簾捲きあげてあの世はさみどりと

澄む水の冥府の水に通ひなむ

玄は仏教的な言葉を詠むが、厳密な意味の仏教思想ではない。「鯛料る只今」の現実こそが涅槃という思いは、死後の涅槃ではない。水原秋櫻子や川端茅舎もそうであったが、優れた俳人にとって涅槃や浄土は、死後のあの世にあるのではなく、この世の自然の中にあった。「さみどり」のあの世というのも、この世の延長である。この世の澄む水はあの世の冥府に流れていたと思うのも、この世とあの世が一体だからであった。死ぬ前に死後の世界が分かる人はこの世に誰もいないのだから、浄土・涅槃・冥府という言葉の実態は分からない。ただこの世の穢土とは異なる世界を希求した祈りの中の世界である。過去のあの世のイメージをこの世にあらしめるという詩歌の特殊な働きである。死後の世界への祈りの心が俳句を作らせる。理性にとっては天国や浄土は妄想にすぎないが、生きている間に願う祈りの世界である。

凍鶴の佇ちては神にそよぎけり

神を詠む句は少ない。凍鶴が佇っている場所に、風が神から吹いてきたイメージであるが、風そのものが神である。鶴そのものの姿が神のようである。俳句に四季感があるのは、陰陽五行説が表すように、東西南北の四方から風の神が運ぶ春夏秋冬の四気が、生物の生命に大きな影響を与えているからである。人と動植物の命に影響を与える四季・四気への祈りが詩歌に込められているからである。

句の鶴は、石田波郷の〈吹きおこる秋風鶴をあゆましむ〉を連想させる。凍鶴は波郷の魂である。

雪に雪うつとりとして淑氣かな

雪の舞時間に房《ふさ》のあるごとく

空こめて光は雪を友とせり

雪と光の交響の美しさに玄の魂が魅せられた。末期に見た自然の美しさである。玄は命と魂を自然の姿として詠むことのできた優れた俳人であった。

平松小いとゞ　伊太祁曾はわけても春の木々の神

平松小いとゞは大正五年（一九一六）、和歌山県に生まれ、昭和十九年（一九四四）、中国河南省で戦闘中、敵弾を受け戦死した。二十七歳の生涯であった。京大を卒業し高等文官試験に合格した秀才であった。句集『砲車』の戦争句で有名な「ホトトギス」の長谷川素逝とも文通をする句友であった。

父の平松竈馬《いとゞ》は「ホトトギス」系の「熊野」の主宰であり、小いとゞは九歳で投句・入選していた。十二歳の時には「ホトトギス」の高濱虚子選で入選し、二十七歳で初巻頭という優秀さであった。父の竈馬は昭和八年に虚子を熊野に迎えて結社の大会を催し、その折に虚子は〈神にませばまこと美はし那智の滝〉の名句を詠んでいた。

谷口智行（現「運河」主宰）が『平松小いとゞ全集』を編纂していなければ、おそらく小いとゞの俳句は誰も知らないまま忘れられていただろう。谷口智行のように師系でもないのに無私の精神で、過去の優れた俳人を顕彰することは、受賞した俳人だけが大きく取り上げられがちな今日、大切なことである。

俳壇では受賞した俳人たちだけがハイライトを浴び、多くの俳人も受賞することを俳句人生の目標にしているが、俳壇史的には、忘れられた多くの俳人と俳句によって今日の俳壇・俳人がある。「ホトトギス」にも忘れられた優れた俳人がいる。

「諸君の先輩であつた素逝君がそうであつた如く諸君の中にもまた戦争といふことの為に終に一句一句を自分の命とするといふ本当に俳句に打込んで来た傾きが生じて来たやうでもある」「諸君の業績を貴

く思はないではゐられない」と、戦後の昭和二十二年、小いとゞを含めた戦争犠牲者の『五人俳句集』で虚子は序文を書いている。戦死者への美しい鎮魂の文章である。戦争は俳句に何も影響を与えなかったという意味のことを言って反・虚子派の人に批判されたが、この言葉も誤解されてきた。俳句は戦争を止めるために何も影響を与えることができなかったという思いが真意であろう。虚子を非難する人たちも戦争中は何もせず検挙されないように黙っていただけであり、平和な時代に戦争反対を声高に唱えているだけである。戦争を始めたのは政治家・官僚であり、虚子のような俳人とは無関係である。

緑蔭より銃眼嚇と吾を狙ふ
銀漢も泣けわが部下の骨拾ふ
麦暑く傷兵いのちこと切れし

作者の死の年、最期の句である。季節感を伴って死と直面する様子が詠まれていた。「ホトトギス」は戦争句とは無関係だったような印象を持つ人が多いが、虚子は戦場の兵士の句を掲載していた。戦争を詠んだのは無季新興俳句だけでなく、有季伝統俳句も戦場の生々しい戦争句を発表していた。花鳥諷詠というのは、虚子全集を正確に読めば、花鳥風月という造化の生命の大切さを詠むことであるが、戦争句もまた、人の命の大切さと戦場で死んだ人への鎮魂の祈りである点において、花鳥諷詠と矛盾しない。伝統俳句や新興俳句のレッテルを貼り、対立させて乱暴に論じる批評は、命の大切な祈りを忘れている。新興俳句の人だけが戦争に反対していたのではない。新興俳句の俳人の多くも逮捕されないように俳句を詠んでいたのである。

麦秋の落日はささふ子の祈り

わが命見守れよ春の鬼子母神
垂るゝ汗に鬼子母善神宿り給へ
いくさひま惜春の情無しとせず

敵の銃に撃たれないように毎日、命を神に祈っていた。銃撃戦の合間には春を惜しむ心を忘れない。季節を詠むことは命の祈りでもあった。有季・無季、あるいは伝統俳句・新興俳句にかかわらず、戦争句は命の祈りであることに変わりない。戦争中は何もしないで黙っていた人が、戦後、平和になってから虚子や「ホトトギス」を批判することがあるが、「ホトトギス」に虚子が載せた戦争句は新興俳句と本質的には同じである。

侵略戦争をリードした政治家・官僚が国民を戦場に駆り立て、原爆を落とされるまで、全ての国民が戦争を止めることができなかった恐ろしい時代の俳句である。戦争を始めた政治家が指導者となりえる政治体制を許した日本国民全員の反省が今も必要である。

ちゝはゝに謝すべく東風の甲板に
埋火に二十九年の父母の恩
勝つための屠蘇ありがたしうち酔ひぬ

死の二年前の句であるが、父母に感謝するということは既に戦場での死を覚悟していたようだ。屠蘇に酔って明日の死を思うことを忘れていたいようでもある。

麦秋の落日は祈りさそふなり
春暁に幸を祈れば浮ぶ面

雨つよくあやめいよ〳〵うつくしく

高原の夏雲四方にしづまりぬ

二十五歳の青年はひたすら祈りを捧げていたようだ。人は死を思うと何かに祈らざるを得なくなる。病気に罹ったとき、戦争に行く前、命に影響を与えることに出会って、自分では何もできないとき、人は何かに祈らざるを得ない。祈りは本来、心の中で沈黙して行うものであるが、創作に関心のある人は、祈りを言葉で表現せざるを得ない。

短詩型の句歌は『万葉集』以来、祈りの文学である。恋の成就を祈るか、亡き人の鎮魂を祈るか、愛と死は詩歌の本質的なテーマであることを『毎日が辞世の句』や『秀句を生むテーマ』で繰り返し述べてきた。

世界中のあらゆる宗教と詩歌文学に共通した本質的なテーマは「祈り」である。

明日死ぬ状況に追い込まれた二十五歳の青年には祈る以外、心を鎮める手段はない。死を思う人には自然が美しく見えてくる。雨が降っているからアヤメが美しいのではなく、銃弾が降っている戦場を思うからこそアヤメが美しく見えるのである。石田波郷の絶唱の句、〈雁やのこるものみな美しき〉も波郷が戦場に行く前の美しい祈りである。

森羅万象の四季の美しさを詠んでいるだけではだめだから、社会性俳句や前衛俳句や無季俳句を詠まなければいけないと反・虚子派は大声で唱え続けてきた。本当にそうなのだろうか、真面目に考えた結果なのだろうか、疑わしい。自然の美しさを詠むことは、命の美しさを詠むことに他ならない。平和の希求である。

伊《い》太《た》祁《き》曾《そ》はわけても春の木々の神
さしてゆく伊太祁曾も雨ぬくからん
決死とはいづくにもあり秋の暮

これらは、和歌山の部隊で内地勤務の頃に詠まれている。

和歌山市には伊太祁曾神社があり、久久能智《くくのち》（五十猛命）の神が祀られている。『日本書紀』に記載されているように、日本中に樹木を植えて回り、緑豊かな国土を形成した後に木の国（紀伊国）に祀られ、紀伊国の一の宮となっている。日本の山林業者が崇める樹木の神である。小さいが感じのいい神社なので、樹木や森林を好む人は、ぜひお参りしてほしい。

作者は伊太祁曾神社で何を祈ったのかは分からないが、祈りの本質として、死を覚悟した者の命を祈ったのであろう。

明治節降魔のいくさ今もなほ

「明治節」の言葉を除けば、この句は今日の世界に通じる句である。日本が韓国を併合し、満洲に侵略し、真珠湾を爆撃したように、ロシアはウクライナに侵略し無差別殺人を行っている。日本海にはミサイルが撃ち込まれている。「降魔」以外の何物でもない現状である。

実効性はないけれども、俳句で平和を祈らざるを得ない。祈りはいつか通じると信じよう。平松小いとゞは、有季伝統俳句で価値ある戦争句を詠んでいたことを記憶しよう。

皆川盤水　　月山に速力のある雲の峰

皆川盤水は大正七年（一九一八）、福島県に生まれ、平成二十二年（二〇一〇）、九十一歳で没した。「かびれ」「風」に参加して、四十八歳の時に「春光」を創刊・主宰し、二年後「春耕」に改称する。七十六歳の時に俳人協会賞を受賞している。

初護摩の火の粉不動をつつみけり

高幡の後山かがやく松の芯

これらは高幡不動尊での句である。盤水の墓は高幡不動尊にある。盤水は「春耕」の顧問であった高幡不動尊の前大僧正・川澄祐勝と親しく、『高幡』という句集を出している。

私は、鍵和田秞子が亡くなった後、鍵和田の墓にお参りした時に、すぐ隣に盤水の墓があるのを知り、その後、『皆川盤水全句集』を読み直した。俳人の死後の詩魂は全句集の中に今も籠もっている。

木の実拾へば旧知のごとく懐かしき

『俳句の魅力』の中で、盤水は自らの俳句観を語っている。「俳句はただ自然の一角を写生するだけであってはならないと思った。俳句だけでなくあらゆる詩歌はその作品のなかに『情』がなければならないと思った。この私の俳句観はいまも変わっていない」という。

引用句はまさに情の句である。木の実を客観的に写生するのではなく、友達であるかのように木の実を思う。幼いころの思い出が籠もっているとしても、ここまで木の実に深い感情を寄せる俳人も少ない。

盤水の交友の広さは『俳句の魅力』のなかの「俳人交遊録」でよく分かる。盤水はこけしが好きで、同じこけし好きの「黎明」の同人・吉田魚眼の思い出を語っている。「黎明」は加藤郁乎の父・加藤紫舟の主宰誌で、魚眼が郁乎と共に編集していたという。忘れられているかのような魚眼の佳句を多く引用していて、盤水の俳句眼が信用できる。私は俳壇について何も知らない頃に郁乎にお世話になったけれども、俳句は人の縁と運で繋がっていることを思う。研究論文や俳句論といった「情」を離れた論理で人は繋がっているのではないことを痛感する。

秋の鮎てのひらに受けいとしめり
初富士の全容の雪艶めきぬ
鮎の宿夕映えてきし川の艶
秋の蛇したたかの艶持ちて消ゆ

これらの句は主観的である。「いとしめり」「艶めきぬ」「川の艶」「したたかの艶」という言葉によって、心の思いを率直に詠んでいる。客観写生派の俳人は主観的な思いを詠むことを嫌うようだが、作者のみが感じることを表現するのは主観句である。鮎の生命をいとしむ盤水の主観と感銘を同じくする読者がいることで、主観句が普遍性をもつ。客観写生句ばかりだと俳句の世界が痩せる。誰もが目の前に見る光景・事実だけを詠んでも、日記的報告になってしまう。詩歌としてのポエジーは心の中の主観の豊饒さから生まれ出る。秋の蛇の「したたかの艶」は作者の主観であるが、読者が共感すれば普遍性を持つ。

月山に速力のある雲の峰
雪渓や底の水音生きてをり

一句目は、月山に登り雲の峰を見ていて、夏雲がやがて崩れ去り、青空が残る光景を神秘的に感じたと自解する。最初は「弾力のある」と詠んだが当たり前なので「速力のある」という言葉にしたといい、「作句の喜びは自分の言葉の発見」だと述べる。また芭蕉の〈雲の峰幾つ崩れて月の山〉を思っていたという。芭蕉の句が契機になって作った句であるという意味では発想が類想句に近い。しかし、自ら月山と雲の峰を眺め、作者固有の言葉が使われている。雲の姿の変化に神秘的な思いを抱くのは、芭蕉も盤水も同じである。「幾つ崩れて」と思うか「速力のある」と思うかの違いである。芭蕉は幾つも雲が崩れるのを眺め、盤水は速力という時間的要素を感じた。どちらもある瞬間の描写ではなく、時間の経過を捉えている。この句は句碑となっている。

〈緑雨いま法悦として句碑開き〉の句は句碑の除幕式を詠んでいるが、「法悦」を感じたというのはよほどの嬉しさであったようだ。法悦という言葉は主観の極にある。

朝妻力の結社誌「雲の峰」の名前は盤水の句に依拠する。「雲の峰」という言葉とともに盤水の魂は朝妻の心の中に生きている。

二句目は同じころに詠まれているが、雪渓の底を流れる水が生きているというのは、水に命を感じる生命観である。

乙字忌の海の荒ぶを見て旅す

盤水は同じ福島県出身の大須賀乙字に関心を持ち、私淑していた。故郷の海の時化を詠んだ句であるが、乙字忌は季語としての働きだけでなく、精神的な意味が籠もっている。

『俳句論史のエッセンス』で、俳句史における乙字の評論家としての優秀性を紹介したが、乙字は今、忘れられている優れた評論家である。乙字の名前を詠む句は少ない。乙字はあまりに優秀であったために高濱虚子や河東碧梧桐たちと激しい論戦をした。句の「海の荒ぶ」には、乙字が論戦を続けた人生への思いが込められていよう。

海神に真水をささぐ盆の海女
濃山吹野鍛冶の祀る屋敷神
月読の神仰ぐとき秋霞

盆は祖先の霊を迎える日であり、中国の大乗仏教に道教や儒教の祖先霊信仰が入ったものである。インドの釈迦仏教には祖先の霊を信仰する考えはないが、中国・日本の大乗仏教には、仏教を広めるために釈迦の時代にはなかった神仏混交と同時に祖霊信仰が入っている。一句目では、盆の日には祖先だけでなく、海の神に真水を捧げて海神に感謝する海女の姿が詠まれている。盆の行事は祈りの儀式であり、海神への祈りと宗教的には同じである。

二句目では、野鍛冶が祀る屋敷神に注目する。芭蕉が尊敬した荘子は、造化の神を鍛冶にたとえたが、日本でも鍛冶屋は鍛冶の神を祀っていた。俳人の高齢化のため、これから二十年後の俳壇の存続が心配であるが、俳句と共に、海神や鍛冶屋の神といった古くからの神々の存続も危惧される。日本から神々が滅んだ時に詩歌俳句も滅ぶのではないか。後に残るのはＡＩのような機械的な言葉の組み合わせの句だけであり、ＡＩ俳句のような難解句が前衛句と誤解されて広まっていく懸念があるが、その頃、私はあの世に行っているようだ。

三句目では、盤水自身の神に対する心を率直に詠む。一、二句は自らの信仰ではないが、三句目で神を仰ぐのは作者である。

はなやかにまたあはれなり雁の棹

鯖鮨《さばずし》に雨うつくしき近江《おうみ》かな

出でし蟇《ひき》悲しき貌《かお》を見せにけり

抒情句である。雁の棹には率直に「はなやか」で「あはれ」を感じる。美意識と無常観の表現は美しい。雨が美しい近江の風景は義仲寺を訪れた時の句である。蟇の貌に悲しさを読み取る。

秋の蟬とだえしときに雨の音

日当れるあぢさゐ畑に凍てし蝶

ひとり来て花野の視野をほしいまま

最初の二句は『皆川盤水全句集』に見る死の前年の句、三句目は全句集最後の句であり、「高幡不動尊」の前書きがある。晩年には主観句が少なく、九十代でも、死生観を表す句が殆ど見つからない。内容において辞世の句を思わせる句が見当たらない。あえて深読みをするならば、「蟬とだえしとき」「凍てし蝶」の姿に、死に向かう作者の魂の姿を思う。また「花野の視野」というイメージは客観写生であろうが、死後の魂があの世に向かう時に見るという花野を想像する。花野を想像してあの世に行くことを祈つていたようだ。

鈴木六林男　天上も淋しからんに燕子花

鈴木六林男は大正八年（一九一九）、大阪府に生まれ、平成十六年（二〇〇四）、八十五歳で没した。初学時代は和歌山県海南市から出ていた「串柹」に投句し、永田耕衣の選を受けた。学生時代に同人誌「螺線」を創刊、「蠍座」「京大俳句」「自鳴鐘」に関わり西東三鬼に師事した。新興俳句運動に参加し、社会性俳句の作家として注目された。五十二歳の時に「花曜」を創刊・主宰となる。戦後も戦争句を詠み続けた。三十八歳で現代俳句協会賞、七十六歳で蛇笏賞を受賞している。西東三鬼が特高のスパイであったという小堺昭三の小説『密告―昭和俳句弾圧事件―』を事実無根と提訴した「死者西東三鬼の名誉回復」事件を六林男はサポートし、昭和五十八年勝訴している。

永遠に孤りのごとし戦傷の痕

夏は来ぬ戦傷の痛みの堅田にて

六林男は戦場で被弾し、弾の断片が体内に残ったままであり、精神的にも被弾体験は心に残っていた。敗戦後に従来の価値観は崩壊し、「終りのない私の戦後が始まった」と述べている。俳句には事実を記録・報告する働きがある。村上護との対談で、「本当のニヒリズムはヒューマニズムに通じているものだと思っている」「政治的なことよりも、まず隣人からその気持ちを伝えていくのが本当じゃないかなあという思い」「無季俳句というのはニヒリストのやることですね」「最初から虚しいと決めているから長続きしているのかもしれません。はじめから虚しいと思いました」と語っている。同じ社会性俳句を詠んだ金子兜太とは異なる俳句観である。兜太句はアニミズムであってニヒリズムではない。六林男は、神や魂を信じないニヒリズム的な考えを抱えていた。しかし、俳句を詠み続けたのはニヒリズムではなく、俳句を読む人の心を信じることができたからであろう。読者という他人の心を信じること無くして俳句を詠めないだろう。

かなしければ壕は深く深く掘る
遺品あり岩波文庫『阿部一族』
水あれば飲み敵あれば射ち戦死せり
秋深みひとりふたりと逃亡す

壕は敵の攻撃から守るために溝を掘ったものだが、かなしいから壕を掘ったというよりも、ただ命を守るためにひたすら壕を掘る行為をかなしく虚しく思ったのではないか。

二句目は表面的には、戦友の遺品の中に森鷗外の小説『阿部一族』があったという事実の句である。『阿部一族』の小説を読んでいなければこの句が理解できないという意味では、普遍的な名句とは成り難い。また『阿部一族』の内容と戦場の兵隊の心情との関係が想像できなければこの句の良さが分かり難い。武士の時代の不条理が中国での戦士の気持ちに通じるものがあるということが、全ての読者には理解されないだろう。遺品を残した死者の小説への思いは作品からは分からない。読者のいかなる読みも自由であるが、小説を好んだ死者は岩波文庫を残して死んでしまったという鎮魂の思いの句であると理解したい。読者は十七音に書かれた言葉だけで俳句を理解すべきであろう。

「水あれば」の句も事実のみを詠んでいる。「敵あれば射ち」という言葉が戦場での全てである。敵を殺さないと自らが殺される。人を殺すことが悪いからといって、殺さずに殺されたいと思う兵隊はいない。戦場での思いは平和になった時代における戦争反対とは異なる思いであろう。殺し合うという戦場の事実の記録が、戦争を知らない戦後世代の読者に恐ろしさを伝える。戦争とは人を殺すことである。

薪能死を想うわが頃となり
天上も淋しからんに燕子花
下界より天こそよけれ日雷

六林男は句集『国境』の頃から、社会性の句から自然への共感の句を詠むようになった。六十歳前後だから、兜太がアニミズムの句を詠み出した頃に重なるのは偶然であろうか。薪能をみることによって死を想う。「天上」の人への思いは、戦場で亡くなった人への鎮魂の思いであると同時に、「死を想う」思いでもある。いつか行くかもしれない天上における作者自身の思いでもある。人はこの世の地上でも、あの世の天上でも淋しいと思う。一方、戦争が行われている下界よりも天界の方がいいと思っていたようだ。「死を想う」「天上」の句を詠むことはニヒリズムではない。

右の眼に左翼左の眼に右翼

これは三鬼の〈右の眼に大河左の眼に騎兵〉を本歌としているが内容は異なる。作者は、左翼でも右翼でもなく、この世の左翼と右翼の政治運動を同時に眺めている姿である。六林男は政治運動をしなかったのではないか。

噓一つ正法眼蔵すら虚し
朝の般若心経夜の燗熱し

仏壇の上の神棚小豆粥

山神のなかの水神秋深む

句集『悪霊』で、真のニヒリズムは厭戦や厭世とは別の「強烈なヒューマニズム」が根底にあると述べる。六林男はあまり宗教について述べていない。道元の『正法眼蔵』について「虚し」と断言する。朝は「般若心経」を読んでも、夜は「爛熱」がいいと詠む。熊野では仏壇と神棚が同じ部屋にあることを発見する。山神の中に水神が祀られていることに関心を持っていたから、神に全く関心のない無神論者ではなかったようだ。

巡回だ仲よし幽霊たちの夜

幽霊が乗っていたりし昇降機

戦争へ戦没者の霊集まれと

蛍火となり魂の遊びおり

リアリズムの句が多い全句集の中で、数少ないが幽霊や魂が詠まれている。夜の病院やエレベーターの中での幽霊を幻想したようだ。幽霊や魂は戦没者の霊であろう。蛍に魂の遊びを思うのは日本詩歌の伝統である。

三鬼亡し夜寒むの山が汽笛出す

月の出や死んだ者らと汽車を待つ

三鬼への鎮魂の句である。六林男と一緒に並んで、三鬼や戦死者の霊が汽車を待つ姿を想像する。リアリストにとっても、俳句は鎮魂と祈りの詩の一面を持っている。

草間時彦　ふりかへりだあれもゐない秋の暮

草間時彦は大正九年（一九二〇）、東京府に生まれ、平成十五年（二〇〇三）、八十三歳で没した。祖父も父も俳人であり、時彦は二十九歳の時に「馬酔木」に投句、三十五歳の時に「鶴」復刊に参加し、石田波郷に師事したが、五十六歳の時に「鶴」を辞退し無所属となった。俳人協会理事長に就任し、俳句文学館の建設に貢献した。蛇笏賞、詩歌文学館賞を受賞している。

自身の職業生活を詠んだ句が「サラリーマン俳句」、料理に関する句が「グルメ俳句」と呼ばれ親しまれた。

金魚赤し賞与もて人量らるる
秋鯖や上司罵るために酔ふ
牡蠣喰ふや計算機音耳に棲み

これらの句は三共製薬で働いた経験を詠んだもので、「サラリーマン俳句」と呼ばれた。川柳に近いようでもあるが、他の俳人がほとんど詠んでこなかったテーマである。

一句目では、サラリーマンは賞与の額で評価されるという思いだが、ユーモアがある。

二句目では、日本人は会議中や上司の前では反論せず、夜に同僚と酒を飲んだ時に会社や上司の文句を言う傾向がある。私はアメリカの会社の本社で働いた経験があるが、一般的にアメリカ人は、あまり同僚と飲まず仕事が終わると家に早く帰り、家でも外でも、会社や上司の悪口を言わない傾向にある。

仕事の後、連れ立って酒を飲んだり麻雀をしたりするところは、韓国人と日本人に共通していた。最近の若い人たちはそういう傾向がなくなってきているようだ。

牡蠣を食べながらも会社の計算機の音が耳に残っているというのは、計算機が会社に広まりつつあった時代を反映しているであろう。当時は新しいテーマであったが今は古い印象を与える。新しい材料の俳句は時代とともに古くなる。『万葉集』の短歌と松尾芭蕉の発句の古典がいつも新しいのは文学における不思議な現象である。サラリーマンの働く形態が変化するにつれて、サラリーマン俳句も廃れていくのではないか。

　オムレツが上手に焼けて落葉かな
　白妙の湯気の釜揚うどんかな

食べ物を詠んだ句は「グルメ俳句」と呼ばれた。

人間の営みとして食べることは生存のために必須であるが、食べ物の句にはあまりポエジーは感じられないのではないか。初期の頃は、詩性を追究する気持ちはそれほどなかったようだ。俳句の内容は自由であり、何を詠んでも他人が口をはさむことはできない。俳句作品の評価は読者の主観と好き嫌いの感情による。評論で「べき論」を語る人は、多くは一方通行で大切な情を忘れている。食べ物を詠む俳句は面白いけれども、俳句文学として読者に感銘を与えるためには読む内容を考慮する必要があろう。食欲は人間の欲望に関係しているから、欲望を満たすことは詩歌にはふさわしくないとされるだろうか。

　甚平や一誌持たねば仰がれず

結社の主宰にならないと誰もふり向かないのは事実の一面であろう。

石田波郷もまた能村登四郎に同じことを説いていた。登四郎には結社を持つ気持ちはなかったが、波郷は熱心に奨めていた。俳句の作品の評価には絶対的で客観的な評価基準が存在しないため、人が俳句を評価するのは主観や好き嫌いになりがちである。よく似た俳句作品であれば、結社の会員よりも主宰の作品が評価されることもあり得る世界のようだ。主宰が一般会員よりも重視されることもあり得る。俳壇の世界は結社の集合体である。結社がなければ俳壇はなく、協会や出版社も経営が成り立たない。俳人協会で理事長まで務めた時彦は、会社での経験から組織の力をよく知っていたのであろう。

芸術的な句ではないが、人間の現実をよく洞察していた俳人の句である。ただ時彦自身は「鶴」を辞めた後、結社を持たなかった。主宰者という権力の座、それにからむ金銭といった、結社内人事のトラブルを多く見てきた時彦は結社を持たなかったようだ。私は今まで数人の俳人に自分の結社を持つことを奨め、その後実行されて初めて時彦の句を実感した。俳句が上手でなければ誰も師として評価しないが、俳句が同じレベルであれば、結社を持ち主宰として活躍している俳人の方が評価される傾向は否定できない。また俳壇は俳句人口に比例して優れた俳人が生まれるところがあるから、優れた俳人が結社を持てば、俳句人口の増加に寄与する可能性が高い。

死神のうろうろしてる落葉かな
ありありと晩年が見え梅の花
人死んでまた死んで年新たなり
老後とは死ぬまでの日々花木槿
秋刀魚焼く死ぬのがこはい日なりけり

時彦の句風が波郷に近くなったのは、老いと病の影響であろう。七十三歳の頃には身辺に訃報が多くなり、死神がうろうろしていると思う。七十七歳の頃には腎不全のため入院した。波郷がそうであったように時彦もまた病気によって俳句の心が深くなった。自らの晩年がありありと見えてくるのは病気をしたからであろう。八十歳前後には、同年輩の人たちが多く死んでいく。死ぬまでの日数が少ない老後を強く意識するようになる。死ぬのが怖いと正直に詠む人もあまりいない。若い人にはつまらない句のように見えるであろうが、老いることや死を意識した俳人には切実なテーマである。若い頃には気が付かないが、年を取れば人生はあまりにも早く過ぎ行くことは誰しも感じることであろう。

老いることと死の到来を切実に感じれば、感じたことを率直に詠めばいい。芭蕉が理想とした無為自然の軽みの精神である。複雑・難解な比喩や隠喩で詠むことが芸術的だと誤解されている。時彦のように率直に詠めば、読者は率直に感銘を受ける。

老人の日や敬ひて呉れるなよ
茗荷汁齢かさねてなにもなし
白粥やそろそろ吾も生御魂
梶の葉にぴんぴんころり願ひけり

句集『瀧の音』では病気と老いを多く詠むが、ユーモアを忘れていない。齢を重ねても結局何も残せないというのは、俳人だけでなく多くの人々の思いであろう。

「ぴんぴんころり」は多くの人の理想であり願望である。ぴんぴんとして、ある日ころりと死ぬことができれば幸福である。俳句は済んだ過去の事実を語ることが多いが、作者の願望を詠む祈りの句も大切である。祈り続けることで、事実が祈りに近づく。

入院中に「梶の葉」に願いを書いて星の神に祈る姿は、師・波郷の句〈七夕竹惜命の文字隠れなし〉を連想させる。人は星の神に祈りを伝えても、残念ながら神は祈りを叶えてくれないのがこの世の現実である。しかし祈らざるを得ないのも人間の性であり、世界中で祈りの宗教がなくならない理由である。祈っても効果が無いと説いたのは釈迦だけであった。蛇笏賞受賞は入院先で知り、受賞後まもなく没した。

ふりかへりだあれもゐない秋の暮

遺作である。優れた俳人や俳句を継いでくれる人が誰もいないと思ったようだ。誰もいないという意味が読者によって異なるだろう。

村上護との対談(『俳句を訊く』)で時彦は興味深いことを話していた。魅力があり尊敬する主宰が少ないこと、選句力のある主宰が少ないこと、作句する人が増えても選句力のある俳人が少ないと俳句全体が低下していくということ、句会や俳句大会が多くて選句力がなくなったこと等が、将来、俳句を滅ぼす原因になると洞察していた。全て同感・同意である。

ネットや総合誌・結社誌では、凡句・駄句を選んで批評・鑑賞・解説することが多くなっている。批評や選の基本は、優れた俳句作品を選ぶことであり、そのあとなぜ秀句であるのかを説明することである。優秀でない俳人や若手に批評させたり選句させたりする新聞・総合誌・結社誌が増えているが、俳壇・俳句を滅ぼしていると時彦はあの世で思っているのではないか。

成田千空　白光の天上天下那智の滝

成田千空は大正十年（一九二一）、青森市に生まれ、平成十九年（二〇〇七）、八十六歳で没した。二十歳の時に俳句を始め、「松濤社」を経て、吹田孤蓬らの青森俳句会に参加し、昭和二十一年、二十五歳の時に、中村草田男の「萬緑」に創刊とともに参加し、八十歳で「萬緑」代表となった。俳人協会賞、蛇笏賞、日本詩歌文学館賞を受賞した。大野林火の『現代の秀句』を読み、現代俳句の世界を知ったという。優れた評論集が俳人を生む力があるのは、山本健吉の『現代俳句』によく似ている。

人が死にまた人が死に雪が降る

句集『人日』のあとがきで千空は「人は人を殺してはいけない。無数の人が殺された生々しい時代を生きてきて、そう思う。だが、人の死は又避けがたい運《（ママ）》めである」という。引用句は戦争での死だけでなく一般の人々の死への思いを含む。避けがたい運命としての死である。「死というものが前面にあって、どうすればよいかというのが一番の課題でした」「俳人というのは肺病と縁が深いんですかね」と俳句を始めた理由を語っている。生涯、生死への深い思いを持っていた。殺人が悪いことは常識であるが、戦場では兵隊は殺人をしなければ殺されることが人間世界の大きな矛盾であり、戦争がなくならない理由である。日本人は戦争で殺されたことばかり強調するのではなく、他国に侵略して人々を殺したことを反省し続ける必要があろうが、そういう俳人は稀有である。

白光の天上天下那智の滝

神なりや魔なりやとどろ那智の滝
雪眼して寂光界をゆく母や
無辺光高音《たかね》をきそふ潟ひばり
天上は法楽の青さくらの芽

千空の句に特徴的なテーマは精神的な光である。優れた俳人は、物理的な光が精神的な光を象徴することを詠んでいる。句集『白光』の「あとがき」で、「白光」は阿弥陀経の「赤色赤光白色白光」に依拠するという。斎藤茂吉の歌集『赤光』の影響があった。高濱虚子が詠むように那智の滝は神である。霊的な白光が天上から下界まで貫く。阿弥陀仏は光の仏であり本質的には光の神である。親鸞の浄土真宗における阿弥陀仏と、空海の真言宗における大日如来もまた光の仏である。光なくして万物は生きていけないという生命的な事実が、宗教的・精神的な光を生み出した。千空には光の秀句が多い。ただし、釈迦は光の仏や阿弥陀仏を信仰しろとは説かなかったことは日本人があまり知らないことである。神仏に頼ってもだめで、自ら努力して欲望をなくさないと人は幸福になれないという倫理的なことを釈迦は説いた。阿弥陀仏は大乗仏教の信仰であり、釈迦の唱えた初期仏教とは無関係であった。中国・朝鮮・日本では、大乗仏教が栄えた。寂光界も浄土信仰の光であり、無辺光も阿弥陀仏の放つ霊的な光である。「法楽の青」は難解である。法楽とは悟りを開いた後の仏法を楽しむことであるが、「青」というのは空の青い光であると同時に精神的な光でもあった。釈迦の悟りというよりも、光への祈り・信仰である。いかなる信仰でも本人が幸福であればそれで良く、他人の信仰に反対しても仕方がない。

「作家にとって大事なのは主題ですね。何のために俳句を作っているのか、関心の的は何なのかという。

作家というのは一つ主題があればいいんです。一つ根があれば、あとはバリエーションでしょう。私の主題は戦争体験なんですね。それが痛みとしてあるから、平和でありたいと願うんです」と千空はいう。テーマを持たない俳人が多い。千空は平和を求め、精神的で詩的な光をテーマとした。

砂熱き地や赤光の蟹を売る
断片も青磁白磁や晩夏光

千空は蟹に「赤光」を見る。物理的な赤い光というよりも、むしろ蟹の命を象徴する「赤光」である。茂吉が母の命に赤光を見たことを連想する。陶器の断片が土の中から見つかったことを詠み、そこに晩夏光に輝く青光や白光を見つめた。

雲海に紺絶対の空がある
大空に力をもらひ雪卸す

千空の「天上」という言葉は、この世を突き抜けた天界のような場所であると同時に、「空」全体をさす。紺の光に満ちた空は「絶対」的で霊的な存在である。その空からは精神的な「力」がやってくる。生きている「力」、生命力は自然の生命からやってくる。

混沌の夜の底ぢから佞武多引く
八雲立ちとどろきわたる佞武多かな

「萬緑」に参加してから「風土を主題とする」俳句を作ってきたという。青森県の佞武多は有名であるが、風土が生んだ佞武多の底力を詠む。

土偶みな寝に帰りたき秋の山

天高く発掘土偶みな出臍

青森の三内丸山遺跡は子供の頃に遊びに行く山だったという。「津軽にあって俳句を作る者にはこれまでの俳句の根底が崩れるなって感じしております」「農が中心でなく、採取の生活ですから自然との対しかたも広く大らかなんです」と述べる。縄文遺跡が多い東北や中部地方に育った俳人は縄文文化を強く意識する。農業を中心とした弥生文化と、採取を主とする生活との文化の優劣比較はあまり意味がない。両文化に共通するのはアニミズムである。『証言・昭和の俳句　上』で千空が、俳句の改革と伝統について語るところは興味深い。俳句は短詩型であるためにマンネリになりやすく、改革したい人が必ず出てくるが、最後は伝統に回帰すると説く。新興俳句の、西東三鬼・秋元不死男・平畑静塔も伝統俳句に戻った。前衛俳句の連中でも季語を考えるようになると千空が主張していたが、予測は当たっていた。

骨肉の骨を拾ひてあたたかし

寒夕焼に焼き亡ぼさん癌の身は

草田男は「軽み」を非難したが、千空は「私は草田男の軽みのある句をひそかに愛しています」と村上護に語ったところは興味深い。芭蕉はいつも「軽み」の句ばかり詠んでいたのではなく、草田男は重くれの句ばかり作っていたわけではない。引用句は、人の死に関する俳句ではあるが、重くれ感はない。むしろ、死に対して、無為自然の宿命的な「軽み」を含むユーモアを感じる。

古稀よりの月日は祈り梅白し

人は齢と共に、人為によって解決できることが少ないことを知り、造化随順・無為自然に従い、ただ祈るほかないことを悟る。祈りは重くれを避ける軽みの精神から生じる。

村越化石　復興を祈りて仰ぐ枯木星

村越化石は大正十一年（一九二二）、静岡県に生まれ、平成二十六年（二〇一四）、九十一歳で没した。ハンセン病に罹り、群馬県の療養所に入園、三十三歳の頃に片方の目が見えなくなり、四十八歳の頃には全盲となった。本田一杉の「鴫野」を経て、大野林火の「濱」に入会、同人となる。角川俳句賞、俳人協会賞、蛇笏賞、詩歌文学館賞、山本健吉文学賞を受賞し、紫綬褒章を受章している。受賞の数は俳壇史でも多いのではないか。

心眼もて月下美人にまみゆなり

色鳥や心眼心耳授かりて

句集『山国抄』のあとがきで「肉眼は物を見る、心眼は仏を見る、俳句は心眼あるところに生ず」という本田一杉の言葉を支えとして句作りにいそしんだと述べる。両目で見て句を詠む人よりも、心眼だけで句を詠んだ化石の方が秀句・佳句を多く残せたのは俳句史の不思議である。秀句は目で見る写生以外の要素で生まれることの証明である。

心のみ出で行きて野に遊ぶなり

天と地と吾と一つに春惜しむ

故郷につながるこころ春めけり

茶の花を心に灯し帰郷せり

失明した村越化石は心だけで句を詠まざるを得なかったが、無心の心であった。野に遊ぶのは体だけではなく心が中心である。二句目は「心」という字が詠まれていないが、天地と一体になれるのも春を惜しむのも無心の心である。松尾芭蕉が尊敬した荘子の「万物皆一（万物一体）」を思う。天と地と造化の万物と俳人の心が一体とならないと良い句が生まれないのではないか。静岡に帰郷する時に、心の中で故郷の茶の花を光のように思うのも無心である。物をただ見てスケッチのように写生するだけでは感銘を生まない。対象の物と作者の心が一体となって対象の命を描写することによって、化石は多くの賞で賞賛されたのではないか。

てのひらに昔がありぬ草の餅
あの頃をこの頃思ふ春の雁
歳月を霞に入れて憩ふなり

昔の記憶が創作の糧となっている。全盲となったが、目が見えた時に森羅万象の姿が記憶として保存されていて、句を詠む時に記憶の中のイメージが心に生じたのであろう。言葉を覚える前に全盲となっていれば、イメージと言葉の関係がつかず、俳句は作れないだろう。この世のイメージと言葉を記憶した後に目が見えなくなったことが創作に寄与していた。俳句に必要なイメージだけを記憶し、汚い穢土の世界が見えなくなったために、思い出すのは詩的な世界だけであったようだ。

森に降る木の実を森の聞きゐたり
飛ぶ木の葉飛ばぬ木の葉を促して
蓑虫や天の静かさ糸に吊り

地も石も起きよと雉の鳴きにけり

自然があたかも人間と同じ感覚を持つとする擬人法である。森が生きて聴覚を持つ。木の葉同士が対話する。蓑虫が天の静かさを吊る。雉が地と石に話しかける。化石の句では、自然が人と同じく精神・感覚を持つ。

「自然界はただ風景としてあるのではない。そこにある森や泉や路傍のものにも神が宿り仏が住まい、生命が息衝《づ》いているのである」と『生きねばや』で六十八歳の時に述べている。大切な言葉である。現在失われつつある俳句観・人生観である。日本の大乗仏教は中国の荘子の影響を受けて草木国土悉皆成仏というアニミズムに変貌しているので、仏という言葉は神と同じく生命の根源という意味を持っている。化石は典型的なアニミストである。荘子のタオイズムとアニミズムの関係については『俳句論史のエッセンス』で詳しく説明したが、アニミズムを誤解している俳人・評論家がいる。万物に魂や神が宿ることを理解しない人がアニミズムという言葉を嫌っている。

百合の香を深く吸ふさへいのちかな
晩年のいのち癒さる新茶かな
自然薯の長さにいのち祝ぎにけり
きりぎりすいのちの歌を草の上

全盲の心で感じるのは命である。百合の香を深く吸うのは命の働きである。新茶で命が癒される。多くの人が今も茶道を行っているのは、俳句では癒されない命と心が茶道で癒されるからであろう。自然薯の長さやきりぎりすの歌声にも命を思う。命を「祝」ぐことが俳句の大きな使命であろう。

ころげ行く石にも秋意ありにけり

噴水にしばらく居りて石と化す

石あれば腰を下ろして天高し

石一つ人ひとり夕涼みかな

作者は全盲なので、杖に頼り、杖が石に触れることが多いからか、石を多く詠む。石も人間と同じ感覚と心を持つ。作者自らが石となる。石と作者の心が一体となっている。

霜柱もたげ大地の力持

春を待つ大地の力吾に杖

この杖を握れば力涅槃雪

化石は杖を頼りに大地の力を意識する。目は見えないけれども心で大地の力を感じている。力というのは大地のエネルギーであり、作者の生きるエネルギーとなる。

神々の森粛々と寒に入る

神の杉仏の槙や青時雨

山深く神と仏と寒椿

化石は自然を詠むように神仏を詠む。観念的でなく、森や杉や槙や椿と共に存在している自然の神仏である。自然が神々である。

生きてゐることに合掌柏餅

欲捨てて今も生きをり蜆汁

生かされて生きて柿食ふ夜を持てり
生き抜くといふことを身に去年今年
生きられるだけは生きたき芋の秋
桃を食べ桃源郷を夢にせり

ハンセン病に罹ったことにより化石はいつも死を意識していた。死を意識することは、命と、生きることを強く意識することである。柏餅を見れば、生きていることに感謝し合掌する。人はいつも何かの欲に捉われて生きている。欲望を無くさないと人は幸福になれないと釈迦は教えたが、俗人も僧侶も欲望を無くすことができないため、釈迦の説く原始仏教は滅んだ。化石は多くの欲望を捨てたようだが、妻を持ち多くの句集を上梓しているから、必ずしも全ての欲を絶ったわけではない。人の最後の欲は表現欲と名誉欲だと釈迦はいう。化石は生きることに固執していたようだ。桃は古代中国の道教神道では不老不死の果物であった。桃源郷を夢に見たのは諧謔的であるが、祈りでもある。

誰となく日永を言へり皆老うる
急がずに老いゆく齢鷹仰ぐ

生きることは老いることである。人生は短いけれども、まだ生きている途中では老いは目に見えずその速度は遅い。

何もせぬことを訓へに寒雀
如何な世になるも存ぜぬ座禅草
よく晴れて菊に菊の香吾に杖

蓑虫と息合はすごと暮らすなり

空蟬のただ空蟬として存す

よき里によき人ら住み茶が咲けり

全盲だからかもしれないが、化石の句には「何もせぬ」という無[illegible]然の心が詠まれている。寒雀に作者は無為を教えられたようだ。

人は誰も未来は分からない。「如何な世になるも存ぜぬ」とい[illegible]は化石に限らない。大震災も新型コロナウイルスもその発生を予言できた人はこの世に一人もい[illegible]神にも未来は分からない。化石は菊の香を嗅ぎ、蓑虫と命の息を合わせ、空蟬の存在を感じ、良[illegible]で良き人が育てた茶の花をただ俳句に詠むほかはない。全盲かどうかは俳句に無関係である。[illegible]の命を詠むほかはない。

あるがままありて涼しき自然石

何事もなく神在す冬の森

復興を祈りて仰ぐ枯木星

荘子を尊敬した芭蕉がそうであったように、俳人は「造化随順[illegible]四季）随順」とならざるを得ない。自然は「あるがまま」に存在しているだけであり、全ての命は[illegible]ある。社会性俳句を詠む俳人も、戦争・大震災・コロナウイルスの発生を予測して無くすことは[illegible]。何かが突然発生してその対処方法を事後に考え出すほかはなく、解決は政治家と科学者の知[illegible]ほかはない。何事もなく造化（神）は自然の中に存在し、時に荒ぶる姿を見せる。人は人事を尽く[illegible]ただ祈るほかはない。

森田　峠　　何祈るとはなけれどもケルン積む

森田峠は、大正十三年(一九二四)、大阪府に生まれ、平成二十五年(二〇一三)、八十八歳で没した。二十歳の時に高濱虚子を訪ねて俳号の「峠」を付けてもらったという。二十七歳の年に「かつらぎ」に投句、六十五歳の時に阿波野青畝の後を継ぎ主宰となる。俳人協会賞、詩歌文学館賞を受賞した。「かつらぎ」の主宰は現在、森田純一郎が継いでいる。

負ふところ大なる子規を祭りけり

高濱虚子を祀るという俳人はいるが、正岡子規を祭るというのはあまり聞かない。峠は子規を深く尊敬していた。詩歌文学館賞を受賞した句集『葛の崖』のあとがきに「わたしは客観写生の道を長いこと歩いてきたと思います」「写生のよいところを受けつぐように心がけてきたつもりです」「写生句ではまず写生の目を働かすことが大事であって、目のつけどころのよさということが求められます。目のつけどころを捜すのが吟行であって、吟行とは一期一会の出合いを求める最良の方法と思います」と述べる。峠は俳句を始めて以来、客観写生の道をひたすら歩いてきたが、客観写生の道を究めて秀句を残すことは難しいようだ。子規も虚子も、彼らの秀句には主観の句が多く詠まれている。

峠は句集『逆瀬川』のあとがきで、「作風は、わたしの場合、一貫して子規以来の写生主義である。常識・理屈混じりの新月並や過度の主観を嫌う。若き日から、純粋に生きんがために純粋な写生句を作り続けたいと念じ続けてきた」と、子規の唱えた写生主義をひたすら実作に反映した稀有な俳人である。

浮寝鳥ならで芥や和歌の浦

『万葉集』以来、和歌でよく詠まれてきた和歌の浦という地名は、鶴や浮寝鳥といった鳥とともに美しく詠まれるが、峠は芥に目をつける。私は和歌の浦の近くで育ち夏にはよく泳いだものだが、年々海は汚くなり、芥が目立つようになってきた。峠は和歌の浦で芥に注目した写実句を詠む。

露の世に胆石一つ見つかりし

この句もまた写生・写実を日常的に意識していないと詠めない。「茶化すに及んでは、まこと大悟と云うべきではなかろうか」と橋閒石は賞賛した。露の世とくれば人の世のはかなさへの感情を詠みがちであるが、胆石が見つかったと現世の事実を詠む。胆石を他の病気に置き換えても当てはまる。事実を事実として詠むことによって、俳味が生じ、橋閒石に大悟と思わせる効果を生む。しかし、もし句集全てが写生・写実であったならば優れた俳人とはなり得ないのが俳句史・作品史であろう。

何祈るとはなけれどもケルン積む
水仙の精に逢ひ得ず島を去る
怨霊の居るはずの海夜光虫

これらは峠の句集には少ない霊性が表現された句である。「ケルン積む」というのは写生・写実であるが、「何祈る」というのは峠の主観的な思いである。石を積む行為は、安全祈願や山で遭難した人たちへの慰霊の心を含む。韓国映画を見ていると、墓の上に石を積む場面をよく見るが、石を積むのは鎮魂の表現であろう。峠の秀句には写生の中にも主観がにじみ出ていることも見逃せない。

水仙を見に行くのも単に花の美しさだけでなく、「水仙の精」を求めている。精とは精霊である。「逢ひ得ず」という結果となっても心の中で求めたのは花の精霊であり、写生・写実では見ることができないものである。

「怨霊の居るはずの海」というのも客観写生では見られない霊性である。この世に恨みつらみを残して海で亡くなった人たちの心を思わずして「怨霊」という言葉は使えない。単純な写生主義者は怨霊が存在するとは思わない。夜光虫の輝きは写生・写実であるが、読者には怨霊の光のように読み取れる。

檜皮積み社は春を待ちたまふ
息白く谷をへだてゝ遙拝す
国学の徒としてくぐる茅の輪かな

「社は春を待ちたまふ」という言葉も単純な写生主義者からは出てこない。春を待つのは人でなく神社であり神であることは「たまふ」という敬語から理解できる。読者には春を待つ「社」の存在は見えてこないけれども、作者ははっきり春を待つ神性を実感している。

作者が「遙拝」するのは秩父・三峯神社であり、「宮司は同期生」と前書きにいう。峠は、國學院大學で学んでいるから、同期生には神社に奉職する人がいたようだ。「谷をへだてて遙拝」することができるのは、心の中で神々に祈ることができる人である。神は目に見えないものである。

茅の輪をくぐる時に「国学の徒」を意識する俳人は珍しい。國學院大學で学んだことがいつも気になっていたようだ。茅の輪のルーツは中国の道教にあり、植物の茅が邪を払うと信じられたからであり、現在も茅山が道教の聖地となっている。茅や神鏡やおみくじをはじめ、日本の神道には道教神道の教えが多く入っていると折口信夫は述べる。日本人は今も効果を信じて茅の輪をくぐる。道教的信仰が信じられなければ、『荊楚歳時記』の五節句の神事は理解できないだろう。季語・季題の本質的なルーツは『荊楚歳時記』の中にある。俳句に四季観があるのは四季と天帝の神々への信仰に起因する。国学といえども、漢字と同時に中国の宗教や文化も移入されていることに注目しておきたい。

月下なる胡弓は湖にひゞきけり
呉の国の歌は悲しや月今宵

「太湖中秋賞月文芸晩会」での二句と前書きにいう。胡弓のひびきが月光の輝きとともに読者に伝わってくる。「悲しや」という言葉は主観語であり、読者には悲しいかどうか分からないけれども、「悲し」という言葉によって読者は、今までに聞いた胡弓の音色の悲しさを思いだす。

蝶となり遊ばむ安房の花畑
古文書を恋ひつゝ我は花の旅

「蝶となり遊ばむ」というのは作者の願望・希望であり主観的な言葉である。「恋ひつつ」と思うのも作者の願望である。峠の秀句・佳句には、客観写生だけでなく、虚子が晩年にたどり着いた主客一致の句風があることに注目しておきたい。

責任の重きは選者夜の長き

選における責任の重さを言い聞かせている。選句の大切さは結社の主宰だけでなく、全ての選者や句を批評する評論家も心すべきことであろう。いい加減な選をする俳人・評論家が多いことを暗に示唆しているようだ。駄句や凡句を選んで評論や鑑賞を書くことがないように心すべきである。

えごの花待つことは即祈ること

星野麥丘人

星野麥丘人は大正十四年(一九二五)、東京府に生まれ、平成二十五年(二〇一三)、八十八歳で没した。二十一歳の時に「鶴」に入会し、石田波郷・石塚友二に師事し、六十一歳の時に「鶴」主宰を継承した。俳人協会賞、詩歌文学館賞を受賞している。「鶴」は現在、鈴木しげをが継いでいる。

花咲いて晴れても遠き深大寺

この句は麥丘人の最後の句集の掉尾にある。死の一か月前の句であり、死の直前においても、師の波郷が眠る深大寺の墓を思っていた。辞世として詠まれた句ではないが、結果として読者は人生最期の辞世句のように理解する。花が満開に咲き、晴れた日の深大寺の墓を思いつつあの世に向かった心を深読みする。句集『小椿居以後』は、「鶴」の現主宰・鈴木しげをが編集している。句集『小椿居』の名前は、波郷邸の百椿居にちなんだ師へのささやかな挨拶だという。

元日のお寺さまとは深大寺
樹木派の波郷の墓やお元日
あを空を翔くるものあり風鶴忌
この先の波郷忌いかに老いたりき
波郷忌のつくづく石塚友二かな
生きてゐる波郷のこゑや夏椿

波郷忌や暖かければありがたし

虚子青畝すなはち波郷夏椿

衣被波郷のことを誰もいふ

冬晴や誰にも会はぬ深大寺

麦丘人には波郷を思う佳句が多い。水原秋櫻子や能村登四郎をはじめ、深大寺の波郷の墓を詠む俳人は多いが、さすがに麦丘人は波郷の直接の弟子であったからか、師への思いは深い。私は元日、深大寺にお参りした帰りに波郷の墓に寄ることにしている。波郷句のファンが多いが、俳句が優れているからだけでなく人格も慕われたのであろう。人が人を慕うのは作品や俳句論だけではなく、人格に魅かれるからではないか。

釈迦の仏教には墓という考えが全くなく、死体を焼いた後は川に流していた。インドの釈迦仏教、小乗仏教、大乗仏教には墓という考えはなかったが、中国の祖先崇拝・祖霊信仰の影響で、仏教に墓の考えが入った。日本では葬式仏教と揶揄されるほど仏教は祖霊信仰に変貌した。波郷の墓前で波郷の俳句を思うことは仏教とは無関係であり、亡き人の詩魂を思い鎮魂する人間に根源的な精神であり、俳句の貴重な働きに鎮魂の祈りがある。波郷の魂を祈ることが、多くの深大寺の句の本質である。

えごの花待つことは即祈ること

ことし豆撒くは波郷が癒え待つため

一句目には、「先生、合成樹脂球摘出手術」の前書きがある。麦丘人は師の手術の成功を祈る。えごの花の開花に手術の成功をかけている。豆を撒くことは、波郷の病気が良くなることを祈る行為であった。高濱虚子は「俳句は存問」といい、山本健吉は「俳句は挨拶」と説いた。存問も挨拶もその根源は相手の命への祈りであろう。俳句が詠み続けられる働きの一つに祈りがある。俳句は日本人にとって宗教を超えた祈りの文学となっている。究極的には、「俳句は祈り」といってもいいすぎでないだろう。

老人の座右に老子や茶立虫
年の内無用の用のなくなりぬ
寺町に無用の用や日脚伸ぶ
無用のことせぬ妻をりて秋暑し

麥丘人は老子に関心があったようである。座右にしていた老人とは麥丘人であろう。無用や無用の用という言葉が詠まれていることから、老荘思想の無用の用の精神を日常で意識していたようだ。松尾芭蕉が俳諧を夏炉冬扇といったのは、芭蕉が老荘の無用の用の精神に魅かれていたからである。不要不急の無用の俳句に人は心を魅せられる。無用のことをしない妻という句は面白い。世間一般の多くの人は無用のことをしない。現実的な妻は俳句のような無用のことには無関心だと夫は思う。

俳人はいつの世も無用の用の徒である。社会性俳句で政治批判を詠む人は、俳句に冬炉夏扇を求めたい俳人であろうが、残念ながら俳句で社会は変わらない。社会を変えるのはデモや政治的運動であり、まずは選挙である。詩歌俳句に可能なのは社会が良くなることを祈ることである。

ひたすらに順ふ冬の来りけり
あきかぜやなんにもなくてあたりまへ
なにもせざれば風邪の神にも会はざりき

只の年またくるそれでよかりけり
目刺焼く目刺の他にあらざれば
日当ればみんなしあはせ実南天
朝顔を蒔いてすることなかりけり

これらの句も芭蕉と老荘を意識しているようだ。「ひたすらに順ふ冬」というのは芭蕉の俳句観としての造化随順・四時随順の心である。「なんにもなくてあたりまへ」「なにもせざれば」「只の年またくる」というのは老子・荘子の無為自然の精神に他ならない。「座右に老子や」と詠んだ麥丘人の心には無為にして自然に生きる人生観があったようだ。老荘のいう無為とは戦争や人民に悪い政治をしないことであった。思ったこと、感じたことを率直に誠実に俳句に詠むことが無為自然の俳句の道であろう。

狐火のことは蕪村にまかすべし
向日葵やよせばいいのにニーチェなど
あやまちて妻の影踏む残暑かな
ユニクロを着て老人の年忘
老人の日は老人でゐることに
ダウ平均どうでもよろし又雪が
焚きたくはない送火を焚きにけり
アメダスの画面は雨やさくらんぼ
大事とて膨るるものは餅ばかり

箱庭に本物の雨降ってきし

句集『小椿居以後』には、解説不要のユーモアとウイットのある句が多い。山本健吉のいう「俳句は滑稽」説の見本である。麦丘人は多くの書を読んでいた。子規は写生を説くために芭蕉を非難し蕪村を賞賛したが、蕪村は写生ではなく妖怪や狐火を詠んだ。麦丘人は若い頃にニーチェ等の哲学書を読んでいたようだ。俳句や日本文学と西洋哲学は本質的に無関係である。ニーチェは無神論を説いたが、そもそも日本には絶対的なゴッドがいないから無神論が成立せず、さらに哲学・神学が成立しない。

宗教も神仏混交であり、神社でも寺院でも、神や仏にかかわらず、健康や平和の祈りを捧げる。一貫した宗教体系はない。日本は文学の国であり、多くの国民が俳句や短歌を詠んでいるが、その文学も滅びつつある時代のようであり残念である。「俳句の晩鐘は俺がつく」と波郷が言ったことを今こそ思うべきである。俳句人口の急激な減少は俳句の滅亡を暗示する。新しい俳句を詠めず、新しい俳句論を提示できない俳人や評論家が、俳壇は無風だと批判している。「よせばいいのに」の言葉はシニカルなユーモアである。ニーチェの無神論も日本の思想界には存在しないのも同じである。

しやぼん玉大人になれば皆不幸

花散つて後世も前世もなかりけり

これらの句には、ややシニカルな人生観がある。しゃぼん玉を楽しんだ幼いころと異なり、成長するに従い苦しいことが増え不幸なことが増えてくる。宗教者や哲学者は後世・前世を空想するが、花が散るように、人の命も散れば終わりだと思っていたようだ。後世や天国や浄土もまた人の祈りの世界であることを思わせる。

長谷川秋子　鳩吹いて見えざるものを信じたり

長谷川秋子は大正十五年（一九二六）、東京府に生まれ、昭和四十八年（一九七三）、四十六歳の若さで没した。幼い頃より気管支喘息を病んでいた。「水明」主宰であった長谷川かな女の長男・長谷川博と結婚し、かな女の死後、二代目主宰となった。「水明」は現在、山本鬼之介が継いでいる。

今朝咲きし椿を秋子の化身とす　和葉

禁じられしことみな為《し》たき椿の夜　秋子

星野和葉は句集『永字八方』で椿の花を秋子の化身と詠む。和葉は「水明」四代目主宰・星野光二の妻である。秋子は病身の主宰として自由でなかったようだ。

わざと足音わざと快活秋服にて

秋の鮎むしりつくされ姦通論

秋子は三十三歳の頃に、一歳上の三島由紀夫と対談をし、三島が四十五歳で割腹自殺した後に、対談を回想した句文を、星野明世が『荒川流域の文学』で引用している。三島は秋子と対談した時に、階下から大きな足音をさせ大きな声で「やあ」と言いながら入ってきたと回想する。蒼白く小柄な男で不気味な印象で、それは彼の「演出」ではなかったかという。また彼は、「僕はいつか切腹というものをやってみたいな。切腹は日本の産んだ最高傑作ですよ」と秋子に述べたという。そして十年後に「三島氏の首」が机の上に乗って、「とうとうやりましたよ」と言ったような「眩暈」を感じたと書く。三島の印象を直感的によく捉えた句文を残していた。三島が女性の俳句に詠まれていたのは興味深い。

天命は天にあづけて鴛鴦流る

これは没する十日前の人生最期の句である。『論語』の有名な言葉「五十にして天命を知る」の天命には、天帝の命令と運命の二つの意味があるとされる。この句では「六十にして耳順ふ」に向かっての五十歳ではなく、既に人生の最期を悟ったような思いである。荘子の造化随順に近い心であろう。「天は神なり」と老子は言う。天神とは星でもあった。鴛鴦が自然と流れるように最後の命も造化の天に従い委ねるようであり、既にこの世の命を諦めたようである。意識していたかどうか分からないが、辞世の句と言い得る。

飯田龍太は秋子に二回会い、その感想を「ふたりの女流俳人」の中に書いている。「大柄の、評判通り美しいひとである」「たいへん快活で、話題も豊富で、座にいたひとびとのすべてに好感を抱かせたようである」と述べる。「私はなが生きは出来ないんです」と亡くなる三年前に龍太に話していたという。

秋の川この世流るる響きもつ

前の句でオシドリが流れるように、また秋の川が流れるように、自らの短い人生も流れる響きを直感している。美空ひばりの歌「川の流れのように」の歌詞を思わせる。

螢の夜ぽつかり死ぬもおもしろし
病むもよし死ぬもまたよし油蟬
情死とはかく蒼からむ夜霧の笹

秋子は自らの短命を悟っていたかのように、死を思う句が多い。「ぽつかり死ぬもおもしろし」の思いは、小林一茶の〈ぽつくりと死《しぬ》が上手な仏哉〉の句を連想する。病気で苦しんだ秋子ならずとも「ぽつかり」死ぬことは理想であろう。「螢の夜」の言葉は、蛍が交尾した後すぐ死ぬことを思わせる。子孫を産むためだけに生きる蛍には、生きるための不幸がないように思える。二句目では油蟬に人生の短さを見る。蟬も卵を産めばすぐに死ぬDNAを持つ。三句目ではなぜか情死を思っている。三島との対談では三島が姦通論を語ったようであるが、姦通・情死について考える時があったようだ。

一命に長短はなし螢の夜

静かにて激しくあらむ螢の死

蛍は光の輝きの姿によって恋する相手を決め、交尾すると卵を産んですぐに死ぬ。その命のありさまを「静かにて激し」と見た。自らの短い人生と蛍の短命を重ねていた。

白朝顔なにかが終る身のほとり

朝顔が早朝に咲いてすぐ萎むように、秋子は自らの「身のほとり」の終わりを感じる。

何か書けば何か失ふ冬机

雪あかりわが半生の傷太し

自らの生死を思い詰めている。何かを書くことには句を詠むことも含まれる。人は句文を書くことによって何か満足することがあるのだろうか、文学に命を費やすことによって残りの命が少なくなることを感じる。「何か失ふ」という句の意味は分かり難いが、命を思う。

「半生の傷」とは何であろうか。病気の身で結婚し俳句にのめり込んだ人生であろうか。率直に思いを俳句に詠むタイプであるが、何か伝えられない思いを抱えていたようである。

誰と住みてもいつも独りや花うつぎ

狼吠ゆ芯から妻の淋しき夜

石榴吸ふいかに愛されても独り

愛に安心なしコスモスの揺れどほし

人生の傷は心を孤独にした。家族の中にいてもいつも孤独を感じていた。狼が遠吠えをするように秋子は淋しさを俳句で訴える。愛されても孤独を感じるのはなぜだろう。いつも愛を拒否していたようだ。コスモスが風に揺れるように愛の思いもまた揺れる。いつも短い生命を無意識に感じていたようだ。

鳩吹いて見えざるものを信じたり

あかつきは霊の白さの漂ふ鷺

竹の精どよめき匂ふ雨五月

皮脱ぐ竹青き亡魂脱ぐごとし

見えるものには満足できなかった作者は、自然の奥の何か見えない霊的なものに憧れていた。鷺の白さには霊的なものを感じ、竹を見れば精や魂の存在を感じた。この世の存在の本質を深く考える俳人は最後には見えざる霊的なものに出会うであろう。

爽やかに意志もつ一葉流れゐる

秋子は死の三年ほど前に離婚している。この句は離婚後の句であり、意志をもつ一葉とは秋子の新しく生きる意志であろう。

髪多きは女の不幸ほたる籠

揉んで洗ふ愛の起伏のありし髪

吾が髪もかく燃ゆるべし野火熾ん

秋子には髪の句が多い。与謝野晶子の『みだれ髪』や和歌の髪の歌の影響であろう。正岡子規の写生論が広まることにより、女性の情念を象徴する髪の句は詠まれなくなったようだ。秋子はなぜか髪の長さを嫌っていたようだ。一方、髪を洗う時には愛への思いの起伏を思う。野火の燃える様子を見て自らの髪も燃えることを望むのは激しい情念である。

昏るるとき雪嶺やさしふるさとは

叫ばぬ石一つとてなし大雪渓

激しい情念の句が多い中での自然詠に読者は心が和む。故郷・若狭の雪の嶺のやさしさは、作者の心のやさしさである。大雪渓の中の石は全て叫んでいると思う作者はいつも何かを叫んでいたかのようだ。俳句は孤独な人の心の叫びであろう。

わが墓と思ひ溺るる芒原

死の前年には、芒の輝きの中で魂は駆け巡る。松尾芭蕉の人生最期の句〈旅に病《やん》で夢は枯野をかけ廻《めぐ》る〉を思わせる。芭蕉の枯野も白銀に輝く芒原ではなかったか。秋子は写生句の多い俳句作品史では稀有な情念の句を残した。

川崎展宏　人間は管より成れる日短

川崎展宏は昭和二年（一九二七）、広島県呉市に生まれ、平成二十一年（二〇〇九）、八十二歳で没した。二十七歳の時に「寒雷」に投句し、加藤楸邨に師事した。四十三歳の時に森澄雄の「杉」創刊に参加、五十三歳の時に「貂」を創刊し代表を務める。読売文学賞、詩歌文学館賞、俳人協会評論賞を受賞した。「貂」の代表は、現在、星野恒彦に継がれている。

澄雄は、展宏が虚子論を書く時に、「みんなは虚子をくさしてる」から「褒めて書け」と助言したことを『森澄雄対談集　俳句のゆたかさ』で大岡信に語る。展宏の『高濱虚子』は虚子復活と再評価に大きな役割を果たした。展宏の晩年の句風は虚子の影響を受けている。反・虚子と思われている水原秋櫻子の系譜から展宏が出たことや、石田波郷が虚子の俳句を高く評価したことは、秋櫻子の系譜が本質的な反・虚子や反・伝統俳句ではなかったことを証明している。秋櫻子は虚子の俳句観に魅せられて「ホトトギス」に入ったのだから、本質的には虚子の主観論の系譜にあるが、それは正しく理解されず、秋櫻子が新興俳句を始めたと間違って伝えられてきたが、秋櫻子自身が否定していた。

『俳句初心』の「那智の瀧」の章で、虚子の句〈神にませばまこと美はし那智の瀧〉について、「まこと美《うるは》し」と「まこと美《うつく》し」とは全く違うという。「うつくし」では句は痩せ、瀧が貧相になる。「うるはし」で言葉が水気を呼び、艶を帯びるという。「句は神なる瀧の姿を得た」と断言する。

秋櫻子、楸邨の系譜から虚子復興論が起こったことは面白い。秋櫻子の本質が新興俳句と無縁であったことの証である。森澄雄も虚子を高く評価していた一人である。

「大和」よりヨモツヒラサカスミレサク

小説『戦艦大和の最期』を読んで鎌倉の海岸を歩いている時に、「ヨモツヒラサカスミレサク」の言葉がうかんできて電信のように思ったと自解する。「ヒラ」は急斜面のことで、「大和」は海底の急斜面に散乱したといい、戦死者への鎮魂を意図したのではなく、「切なさ」を句にしたとし、花鳥諷詠の句だという。スミレの花と海がうかび、スミレは虚子の唱えた地獄を背景とした「極楽の文学」を意識し、「季語への思い入れと虚子句への傾倒、どうやら私は花鳥諷詠の徒たる一面をもっているようだ」と自解する。自解がなければ本意が分かり難い例である。俳句は十七音しかない短さだから、作者の自解がなければ真意が分からない。自解を読んでしまうと読者の深読み的解釈は妄想となる。自解のない句であれば、読者の勝手な主観的解釈となり多種多様な解釈が生じる。しかし、多くの俳人は自解を残さない。俳句は読者の感性と独断的解釈にゆだねられる宿命をもつ。スミレの花は黄泉の国に眠る戦死者への供華であろう。

薺打つ初めと終りの有難う

『春　川崎展宏全句集』に見る最後の句である。最後の頃の句だからというわけではないが、「初めと終り」の言葉は人生そのものの最初と最後を思わせる。特に俳句人生の「初め」から「終り」まで、世話になった人々への感謝の言葉のようである。感謝もまた祈りの一種であり、祈りには神への感謝と縁のあった人への感謝がある。

朝顔は水の精なり蔓上下

石榴の花の彫りの深さよ造物主

死の年の句である。朝顔を水の精と思い、石榴の花に造物主の働きを感じ取っていた。造物主という言葉はキリスト教のゴッドという絶対神ではなく、『荘子』に見られる造物主の概念に近い。自然そのものが造化の神の働きをしているという考えである。造化とは、自ら物を「造」り、自ら「化」して変化・進化していくという自然の姿である。これらの自然観も虚子の本質的な俳句観を継ぐ。

晩年を過ぎてしまひし昼寝覚

天の川前生《さきしやう》もなく後生なし

花野の道黄泉の道その下に

七十七歳の頃には「晩年」を過ぎたと思い、七十八歳の頃には、前の世も後生もないと思っていた。花野の道の下には黄泉の道があると思っていたのは興味深い。

綿虫に一切をおまかせします

綿虫にあるかもしれぬ心かな

七十二歳の頃の句である。荘子の造化随順や無為自然的な考えに近い。生物・自然は造化に生死の一切をまかせるほかはない。綿虫にも心があるというのは、虫や草にも「道」という命の根源があるといった荘子の言葉に通じる。俳句の極意は、虫も人と同じように、心と魂を持つことを知ることであろう。さらに私たちの人生、特に生死は自然におまかせするほかはない。無為自然とは何もしないことではない。人工的・人為的で余計なことをしないということである。戦争や環境破壊をしないという自然観である。

今生のひかり往き交ふ蛍かな

月光か神の光か氏の窺《み》しもの

蛍の命は一年であり、「今生のひかり」に作者は一年間の輝きを見つめて、自らの「今生」の命を思う。二句目には「平井照敏氏を偲ぶ」という前書きがある。照敏がこの世の月光に見ていたものは「神の光」だと詠む。展宏自身も月光に「神の光」を見たから言い得る批評の言葉である。神はゴッドのような形而上的なものではなく、自然そのもの、月光そのものが神である。神秘的なものや不可思議なものが神々と呼ばれてきた。蛍の光も月の光もその働きは科学者には解明できていないから神秘であり、神秘的なものは神や魂と呼ばれる。科学が進めば進むほど神秘的なことが多くなる。俳句は神秘の写生である。

人間の業の鵜篝美しき

枝々の黒美しき夕紅葉

雪景色多摩の横山美しき

鵜飼を人間の業と思うと同時に篝火を美しいと感じる。松尾芭蕉の句〈面白《おもしろう》てやがてかなしき鵜ぶね哉〉を連想する。展宏に「美しき」という形容詞が見られるのは、虚子が「美しき」という言葉を多く詠んだ影響であろう。

人間は管《くだ》より成れる日《ひ》短《みじか》

病気になれば空気・食事・血液を入れる管が多く付けられる。病気でなくとも、人間の体は多くの管で構成されていることを発見した面白い句である。「日短」の言葉に人生の短さがかけられている。

枯芭蕉つひに思想となり果てし

「枯芭蕉」は芭蕉の最期の句、〈旅に病《やん》で夢は枯野をかけ廻《めぐ》る〉に依拠している。芭蕉の俳句はついに詩歌文学の一つの大きな思想になったという思いであろう。芭蕉が影響を受けた荘子の無為自然・造化随順・四時随順の「軽み」の思想である。芭蕉の句を思想と思うのは森澄雄の影響であろう。俳句を極めると芭蕉の思想に到達する。

押しくだる雪解水や諏訪の神
狛犬や碓氷の神のしぐれける
葛城の神のねむりの初霞
葛城の神おはします夜の梅
桃の咲くそらみつ大和に入りにけり
耳成《みみなし》も滴る山となりにけり

土地と一体となった神を詠んでいる。諏訪の神、碓氷の神、葛城の神を詠むが、特に日本の神道思想というものではない。自然と一体となっている神々である。「神おはします」という言葉には、虚子の句の「神にませば」の言葉を連想する。記紀万葉以来の「そらみつ大和」と共にある「葛城の神」である。神は山水と共にある。山水そのものが神々である。自然の外に神はない。自然が自然を作るという神秘的な営みを神と呼んできた。人の命はその自然の神に与えられたものである。自然の神々はゴッドのように絶対的なものではない。万物全ての命が神々である。神は哲学的・神学的・体系的に語れるようなものではない。諏訪の土地、葛城の土地そのものが産土の神である。俳句には、四季の神々の中で自然の命の渾沌と不思議を詠む以外に特別なテーマはない。俳句は命の平和を祈る詩歌文学であろう。

神蔵　器

綿虫にいのちの重さありて泛く

神蔵器は昭和二年（一九二七）、東京府鶴川村（現・町田市）に生まれ、平成二十九年（二〇一七）、九十歳で没した。鶴川村に住んでいた石川桂郎に師事する。「壺」「麦」を経て、三十五歳の時、桂郎の「風土」に所属、五十二歳で「風土」の主宰を継いだ。俳人協会賞、俳句四季大賞を受賞する。現在、南うみをが「風土」の主宰を継いで、器を顕彰している。

春惜しむ唐招提寺裏ふかき　器

馬酔木咲く大釣鐘は音集め

蟇ないて唐招提寺春いづこ　秋櫻子

来しかたや馬酔木咲く野の日のひかり

器の初期の句には、水原秋櫻子の大和路での句の影響がみられる。大釣鐘が自ら鳴る音を集めるというのはユニークな発想である。秋櫻子が「ホトトギス」から独立したことが、新興俳句の始まりだという間違った意見があるが、器のように秋櫻子の句風を継いだ俳人は新興俳句にはいない。大和を好きだと断言して、大和の古寺を詠んだ伝統性・ロマン性を継いだ新興俳句の俳人はいない。「馬酔木」の有季定型の俳人だけが、秋櫻子の俳句観を継いだのであり、秋櫻子が新興俳句を始めたというのは真実ではなく、秋櫻子自身が否定している。

命二つ一輪挿しにさくら蓼　器

命二つの中に生《いき》たる桜哉　芭蕉

器の句は松尾芭蕉の句の本歌取りであり成功している。芭蕉の命二つというのは、芭蕉と友人の服部土芳の二人の再会をいうから、この句も器と友との再会を暗示する。芭蕉句は大きい桜の木を思わせるが、器句は小さい桜蓼の花が活けられた部屋での再会であろう。

綿虫にいのちの重さありて泛く　器

いのちまた燃ゆる色なり初明り

どんな小さな虫でも命があり、命は重い。「一寸の虫にも五分の魂」と呼ばれてきた魂の重さである。虫にも魂があるというのは、荘子の説く「万物斉同（万物平等）」「万物皆一（万物一体）」の生命思想の影響である。人間の身体には虫がすんでいて、天の神様である天帝に人間の悪事が報告されるという道教の思想があり、日本に庚申信仰として全国に広まった。

万物の命は全て同じであり万物を貫くという思想は芭蕉に影響した。命の根源は細胞の命であり、命の維持のために細胞はエネルギーを燃やす。命を血管が運ぶから、命は赤く燃える色である。初明りの太陽の光は、万物の生命の根源のエネルギーであろう。

ばら咲いていのち澄みゆく思ひかな

命が澄むとはいかなることか。水が澄むとは、混じり気が無く、純粋な水になることである。純粋な命とは何か。肉体的な欲望が消えてゆくことである。食欲・金銭欲・性欲・名誉欲等、煩悩がなくなることである。薔薇の命をひたすら見つめれば、自らの純粋な命の存在と共鳴する。荘子の「万物皆一（万物一体）」の思いである。薔薇の命は作者の命と一つである。

花あればすなはち西行墳墓かな　器

花あれば西行の日とおもふべし　源義

願はくは花の下にて春死なんそのきさらぎの望月のころ　西行

器の句は角川源義の句を本歌とし、源義の句は西行の歌を本歌とする。俳句の伝統というのは『万葉集』から始まる花月の命の系譜である。詩魂のリレーである。西行は如月の望月の日の桜の花の下で死にたいという有名な歌を詠み、その通りに死んで、西行の名がさらに多くの歌人に広まった。その日に死ぬように断食をしたという学者の説まである。花の名句には、花をスケッチ風に写生した句は少ない。花の姿を言葉では忠実に描写できない。

たまきはる白のひびけり貴《あて》椿《つばき》　器

「たまきはる」は枕詞であり意味がないと学者はいうが、むしろ枕詞にこそ古代の思想が込められている。生物の生命は魂が維持しているというのは荘子の考えであり、魂が肉体から離れると死となる。命の根源としての魂が椿の花を白くする。花は鳥媒花・虫媒花として鳥や虫をひきつけるために咲く。鳥・虫は蜜を吸い、命をはぐくみ、受粉を手伝う。花は種を作り、命を継ぐ。花と虫の命の共生である。高濱虚子の説く「花鳥諷詠」も反・虚子派に感情的に誤解されてきた。花鳥風月の造化の生命と俳人の生命との共感・共生が諷詠である。命二つを詠むことである。

たましひの離れてあそぶ月の萩

萩の花くれぐれまでもありつるが月出でて見るになきがはかなさ　源実朝

本歌取りではないだろうが、実朝の歌を思わせる。萩の花は月が出るころには散っていたという命の儚さを歌うが、花の魂が離れると花は散る。「あそぶ」というのは荘子の「逍遥遊」の思想によれば、魂が自由になることである。月の光と萩の花に魅せられている点において、器の句は実朝歌に通う。

寒満月妻ののぼりしあとのなし　器

かぐや姫を連想する。中国の道教説話に、『竹取物語』によく似た話がある。妻の魂が、かぐや姫のように月光の中を昇天したけれども、その形跡はもうないと作者は思う。月には亡き妻の魂が住んでいる。月は死後の仙界である。道教の仙界が仏教の浄土のイメージに影響した。死後の世界のイメージは作者の祈りである。

妻にわたす明日の色の竜の玉

病気の妻の明日の回復を祈って、青い竜の玉を手渡す。青い色は命の色であり霊魂の色だと『青い花』の作者・ノヴァーリスはいう。

寒椿いつも見えゐていつも見ず

「視ること、それはもうなにかなのだ。自分の魂の一部分或ひは全部がそれに乗り移ることなのだ」と、丸谷才一に志賀直哉以降の「小説の神様」と呼ばれた梶井基次郎はいう。一般の人は、魂が乗り移るようには椿を見ない。「美は人を沈黙させる」と、批評の神様の小林秀雄はいう。絵画でも自然でも、黙って長い時間見続けないと美は分からないという。見るという人間の行為の不思議が詠まれている。

わが系譜波郷桂郎椿咲く

椿は石田波郷が好んだ花であった。椿は波郷と桂郎の詩魂を思わせる。

神々に恋して深山蓮華咲く

神々とは観念的なゴッドのようなものではない。森羅万象に宿る神々とは、森羅万象が神々であることを意味する。山が神であり、深山蓮華が神である。恋するとは、男女が一体となるように、山の神、深山蓮華の神と一体になることである。命と命の共感・共生である。

辛夷咲く山ごと在す山の神

山の神みな田に降りて辛夷咲く

ゴッドは山を作った絶対的なものであるが、山の神とは「山ごと(山全体)」が神である。現実の自然にある神々と、観念的な一神教のゴッドの違いである。山の神は水の神と化し、水の神は田の神と化す。自然が化すことを荘子は「造化」と詠んだ。田の神は稲の神となり、食べ物の米と化し、人の命と化す。難しい宗教書の説く神ではなく、辛夷を咲かせる水と土地の神秘的な働きを神と呼ぶ。

どぜうにも仏在せり涅槃変

大乗仏教の「草木国土悉皆成仏」の考えであるが、難解な思想ではない。ドジョウもまた人と同じ仏という命を持っているという考えである。『俳句論史のエッセンス』『ヴァーサス日本文化精神史』で説明したように、釈迦や原始仏教はこういうことを全く説いていない。中国仏教が大乗仏教を広めるために、荘子の万物の命は平等であり動植物や無機物にも命の根源としての道があるという考えを応用したものである。

俳句は、この世の全ての命を大切に思い、戦争を憎み平和を希求する祈りの文学である。

石牟礼道子　にんげんはもういやふくろうと居る

石牟礼道子は昭和二年（一九二七）、熊本県天草郡に生まれ、平成三十年（二〇一八）、九十歳で没した。十三歳の頃から短歌を作り、短歌・俳句・詩・小説を纏めた『石牟礼道子全集』が刊行されている。四十二歳の時に『苦海浄土――わが水俣病』を刊行し、熊日文学賞と大宅壮一ノンフィクション賞を与えられたがどちらも辞退した。しかし、その後、四十六歳でマグサイサイ賞、六十六歳で紫式部文学賞、七十四歳で朝日賞、七十六歳で芸術選奨文部科学大臣賞等々多くの賞を受賞した。

祈るべき天とおもえど天の病む
天上へゆく草道や虫の声
天上に棲み替えて蛙らの声やよし
天のはたてを舟ゆくすすき九重原
紅葉嵐天の奥処もいま昏るる
のぞけばまだ現世ならむか天の洞

道子は「天」という言葉を俳句に多く詠んでいる。二〇一六年の俳句四季大賞を『石牟礼道子全句集泣きながが原』が受賞したが、病気の道子に代わり、長男の道生が代理で贈賞式に参加していた。私はそこでの講演を依頼されていて、五節句の七夕のルーツと天と星の神についての話をし、「祈るべき」の句を引用した。「天より神なるはなく」という荘子の天と神の話に、道生が関心を持ち、道子に伝えたいと話していた。

道子の句の天は、老荘の説く天の思想を連想させる。荘子は、「天地は至神」「天と和する者、之を天楽という」「天は無為であることによって清く澄み」といい、天は神であり、神に随う天道・天命という無為自然の道を説く。「天地は万物の父母である」「道の根源と一体になった存在を『天人』という」ともいい、天為・無為の道、造化随順の道を理想とし、松尾芭蕉・夏目漱石といった多くの文学者、また湯川秀樹、ニールス・ボーアといった世界的な物理学者に深い影響を与えてきたが、関心をもつ人は少ない。日本文化の原型は縄文文化だと誤解する愛国主義的な文学者や俳人が多いため、日本が中国に侵略して以来、日本文化の中の老荘思想の影響を語ることは避けられてきた。日本文化のルーツは縄文人も含め全て渡来人であることを忘れがちである。

老荘思想はすでに人為的な工学・科学の進歩・発展に警告を発していたから、原発や水俣病の問題にも関係する。道子の名前に、「道」とあるのは偶然であるが、荘子の天と道の思想を連想させる。白川静は、「天」を神とする考えはすでに殷の時代にあり、天は自然という意味も持っていた。今から三千年前にはすでに、天という漢字は神を表した。漢字が日本に渡来して、日本の文化に「天は神」という思想が広まった。天神や天皇という言葉も中国の道教神道がルーツである。白川静と道子は書簡を通じて交流があったという。道子が万物に神々や魂があると思うことは、荘子の万物斉同の思想、万物の命は平等であること、万物に平等な魂・命が存在しているという思想に通う。

「自分の生命を預かってくださっている、どこか遠いところ、あるいはすぐ身近にあって自分をすっぽり包みこんでくれている存在の光とでもいうのか、その光に対して、これでいいんでしょうかって……。

そうですね、祈りですね」と社会学者の鶴見和子に語っている。水俣病に関する運動と同時に、神的・霊的な光への祈りが詩歌俳句の根源にあった。祈りは地球上の全ての民族の全ての宗教・文学に共通する心の必然的な行為である。優れた俳人は例外なく祈りの心を句に込めている。突き詰めれば、俳句は祈りの文学である。もちろん、荘子が洞察したように、この世は両行性で構成されているため、祈らない人もいる。祈る人と祈らない人とが議論しても無駄である。俳句論と同じく議論は喧嘩に発展し解決することはない。祈る人は、祈らない人がいつか祈ることができるまで、祈り続けるほかはない。

「天上へゆく草道」「天上に棲み替えて」の句では、天が神の道のように詠まれる。しかし「天の病む」という言葉では、神の天も、この世のように病むと詠む。道子はこの世の地獄をあまりに見てしまったため、天が神とは思えず、人と共に天も病むと考えたようだ。戦争ばかりしている世界を見れば祈りも虚しいが、それでもただ祈り続けるほかはない。

三界の火宅も秋ぞ霧の道
いまも魔のようなもの生む谿の霧
うつし世の傷口いえず冬の稲妻
あめつちの身ぶるいのごとき地震くる
毒死列島身悶えしつつ野辺の花
われひとり闇を抱きて悶絶す

三界の火宅、魔の世界、闇の世界等々、この世の人間世界は毒死列島だと詠む。石牟礼道子の俳句を含む文学が複雑であり、批評が容易でないのは、道子の文学精神が複雑だからである。水俣病の告発に始まった企業批判の面と、民俗的な霊性・精神性という面、詩性・芸術性という面が互いに複雑に絡み合い、優れた作品を生みだした。多くの評論家・文学者は行動を伴わない言葉だけの企業非難をしたが、道子は行動を通じて戦った。社会を変えるには新聞の論説や評論家の批判も効果がない。本当に変えるには、変えるための行動が必要である。行動を起こせる人は希少である。道子は行動を起こせた稀な人であり、その精神の奥に霊性・神性への深い思いがあったことが道子の特徴であった。

新興俳句も社会性俳句も、最後は行動をしなければ何の実行力も持たない。言葉だけでは世の中は動かないことを、道子は身をもって人々に教えた。

常世なる海の平の石一つ
亡魂とおもふ蛍と道行きす
魂の飛ぶ狐ら大地を踏みはずし
さくらさくらわが不知火はひかり凪
わが酔えば花のようなる雪月夜
繊月のひかり地上は秋の虫
天崖の藤ひらきおり微妙音

これらはこの世の造化自然の天為・無為な面を詠んでいる。常世の海の神、故人の魂の蛍、雪月花、天涯の藤の花の命等々、美しい自然に籠もる魂や霊を詠む。

道子はアニミストである。しかし、人間の俗、悪魔的な欲望が、自然に籠もる神々や霊魂に祈る民俗的な信仰、アニミズム的な信仰を汚していることを批判する。アニミストとして造化自然の霊や神々に祈る心が人間世界の火宅を非難する。海に流された有機水銀を魚が食べ、その魚を人間が食べ、水俣病という難病に一生苦しんだこと、命を軽視・無視したこと、美しい海を汚したことによって、美的・詩的精神を傷つけられたことが道子の俳句や短歌の背景にある。生命を軽視する企業や政治とは、命を懸けて闘うほかはないようだ。誠実性、理性、霊性、詩性、宗教性、民俗性、純粋性等々、複雑な人間の聖なる思いを現実世界が汚していることが、一句一句の背景に隠れている。

花の精去りて後追うふぶきかな
花ふぶき生死のはては知らざりき
童んべの神々うたう水の声
前の世のわれかもしれず薄野にて
さきがけて魔界の奥のさくらかな
来世にて逢はむ君かも花御飯

道子の霊性の世界は複雑である。花は精霊であり、生死のはては分からず、童子が神々を唄い、前世を信じ、魔界や仏の存在を思い、来世を信じているかも知れないこと等の思想・精神が詠まれている。

にんげんはもういやふくろうと居る

病んでいない天界で、道子の魂は梟の魂と共に今も、この世の浄化を祈っているようだ。フクロウは一日に多くのネズミや小動物を殺して食べる鳥である。俳句の中の鳥は現実の鳥ではなく、作者の美しい魂の象徴として詠まれている。

岡本　眸　梅筵来世かならず子を産まむ

岡本眸は昭和三年（一九二八）、東京市に生まれ、平成三十年（二〇一八）、九十歳で没した。二十三歳の時に職場の句会で富安風生に師事、「若葉」に入会し、五十二歳で「朝」を創刊し主宰となった。俳人協会賞、紫綬褒章、蛇笏賞、毎日芸術賞を受賞している。

「俳句は日記」を信条とし、日常生活での実感に基づき叙情性のある句を詠む一方、人間の存在の不思議を詠んだ。日記が優れた俳句になるのであれば簡単であるが、受賞歴は俳句が日記を超えていたことを物語る。

「『俳句とは』という問いかけは、つまりは『人間いかに生きるべきか』という問いかけでもあるのです」「俳句と作者、俳句と人生が完全に一体化したとき俳句は完成するのです」と「岡本眸俳話抄」にいう。「俳句は日記」という言葉の表面的な意味とは異なる深い言葉である。日記とは「いかに生きるべきか」という俳句を通じての問いかけであった。多くの眸論は、日常生活的な内容の作品を引用して論じられることが多いが、ここでは、今まで論じられてこなかったような非日常的な内容の句を取り上げたい。「俳句は日記」ということは「日記は俳句」にはなれないということである。眸の俳句は日々の記録にはなり得るが、毎日の生活記録としての日記が人に評価される俳句とはなり得ないことを表す。

凍滝や未生も死後も白世界

「生まれ生まれ生まれ生まれて生《しょう》の始めに暗く」「死に死に死に死んで死の終りに冥《くら》し」と、生前・死後を、空海は暗くて分からないといったが、眸は真っ白で分からないと詠む。凍った滝の色にかけている。分からない世界は分からないという人生観である。真理は暗く覆われているのも白く覆われているのも、どちらも分からないことには違いない。生前・死後の世界を、いかにも分かったかのように説明する宗教者や哲学者の説は疑う必要がある。全ての宗教と哲学は主観と想像にすぎない。
凍った滝を見ることは写生であるが、白世界は作者の想像である。

地震来れば死なむ高階蒲団干す

昭和五十一年の作である。東日本大震災の時に東京も大きく揺れたが、東北では死ぬことを覚悟した人もいよう。眸は地震の国で高層階に暮らす覚悟を詠んでいた。地震が来るという予測を聞いても人は準備できないであろう。悪い運と思い、諦めるほかはないようだ。蒲団を干すのは日記的であるが、「死なむ」は作者の強い意志である。

露の身や仏に踞み神に立ち

この世の身体のはかなさを思い、仏像の前では踞んで祈願し、神社の前では立って祈りを捧げていた。中国や日本では大乗仏教と道教・神道にあまり違いがなく、神仏混淆の宗教意識である。山本健吉と梅原猛は「草木国土悉皆成仏」をアニミズムという。露の身にとって神か仏かにかかわらず祈りは共通である。この句も日記的な日常の句ではない。

夏点前深淵のぞくごとくする

京都での茶席で点前をした時の眸の思いである。「茶道は道教」と岡倉天心は『茶の本』にいう。茶の「道」とは、この世の「虚」「宇宙」を感じることと説く天心の思いに眸の句は通じる。荘子の説く「虚実」の虚とはウソということではなく実を包む大きな宇宙という意味であるが、誤解されてきた。

なぜ織田信長や豊臣秀吉等、多くの戦国武将が茶を飲んで戦場に出たのか。それは生死の深淵を覗いたからであろう。俳諧道と茶道に貫道するものは一つと芭蕉はいった。眸は有季定型と茶道に通う深いものを見つめていた。茶道という定型的なルールの中に、老荘思想的な静寂を直観できた俳人であったようだ。

他人の評価を求めている俳人よりも、茶の世界に自足している茶人のほうが芸術を愛しているようだ。

夏桑や戦後生き来て何為せし

夏旅の不用の用の紐一本

俳人は、俳句をただ詠み続けているだけでは「何為せし」と思うのではないか。荘子がいったようにこの世には「不用の用」が必要であるが、俳人は社会のためには何もしていないと思うようだ。「不用の用」でも旅に出る時には紐一本を持たざるを得ないように、俳句もまたこの世の紐一本であろう。紐一本が大切である。紐は多くの物を束ねてくることができるツールとなり得る。

眸の秀句は日記的というよりも思索的であった。

伏すは嘆き仰ぐは怨み流し雛

日本の神社の行事である流し雛は中国の道教神道にルーツがあることを日本人はあまり知らない。人間の業や厄を人形《ひとがた》に押し付けて海や川に流す行事である。祓いや禊や、人形を釘で木に打ち付ける呪いと同じ思想である。流された人形は人間に対して嘆きと怨みをもっている。

われ死なば絶ゆる墓守り秋袷

日向ぼこあの世さみしきかも知れぬ

梅筵来世かならず子を産まむ

死後を思う句である。子供がなかったからか、死後の墓守りを心配していた。あの世でも一人だと思っていた。眸は来世では子供を産みたいと強く願う。死後の祈りである。人は未来への祈りによって毎日を生きているようだ。この世でできなかったことを死後に祈ることによって、精神のバランスを保っている。天国や極楽に行った後に、それらの状況を伝えた人は誰もいない。

さばさばと生きて日記も買はぬなり

「俳句は日記」を信条としたが、日記を買わなかったと詠むから、本当の日記はつけないで、日常の思いを俳句に詠んでいたと俳句から想像できる。日記を買わないのはこの年だけだったのかは分からない。

命とは神意とは冬紅葉かな

霧に積む一つ祈りの一つ石

はろかなるものへ礼して初日向

破魔矢置く鈴の音一つひとりの家

神々を思う句である。冬紅葉が命と神の意志を象徴する。紅葉という自然の営みそのものが神であり命である。石を積むことは日本の民俗宗教の一つだが、中国でも韓国でもみられる祈りと鎮魂の行為であり、東アジアに共通する祈りである。「はろかなるもの」とは日神であり、神への礼を忘れていない。一人暮らしでも新年には破魔矢を求めた。破魔矢のルーツは中国の『荊楚歳時記』に書かれており、桃の木で作った弓矢は邪を祓った。

桜蘂降る一生が見えて来て

黄落や女の老いは病むに似て

五十歳前後の句であり、すでに老いの意識がある。すでに一生が見えて心が病むような気持ちが表現されている。

卑怯なりマスクしてより物云ふは

さくら咲く人の背といふ暗きもの

われに非のあらずや寒夜諭しゐて

献燈は煩悩の数夏の霧

眸はいつも明るい日常の様子を詠んでいたのではなく、ときには物事の裏の面、暗い面を見つめる句を詠む。マスクをして物を云うのは「卑怯」だといい、陰でこそこそ人を非難する行為を暗示する。桜を愛でる人の心の暗さを見つめる。他人を諭すような行為にも自らの「非」を感じていた。「献燈」という美しい行為にも、人の欲という「煩悩の数」を眺めていた。自己に厳しい人だったようだ。

鳥雲に墓は観るべきものならず

かかる小さき墓で足る死のさはやかに

春暁の人亡く吾の在る不思議

眸は墓を詠む。墓は観るものではなく鎮魂の場であるべきだと思う。さわやかに死を鎮魂できれば、小さい墓でもいいのだと詠む。人は死ぬが、自らは生きていることに命の不思議を思っていた。

眸は不思議な俳人である。分かりやすい明るい句だけでは、眸の心の内面は分からない。

今井杏太郎　揺れながら波に眠れば蝶の夢

今井杏太郎は昭和三年（一九二八）、千葉県船橋市に生まれ、平成二十四年（二〇一二）、八十四歳で没した。昭和四十四年、四十一歳の時に「鶴」に入会、石塚友二に師事し、「鶴」退会後、平成九年、六十九歳の時に「魚座」を創刊・主宰した。七十三歳の時に俳人協会賞を受賞している。「魚座」終刊後、鳥居三朗が「雲」を創刊し、現在は飯田晴が継承している。杏太郎は精神科医であったからか、俳句には精神的な面からの考察が深い。

いちにちを目つむりをれば日の永き
なにをすることもなくゐて夜の長き
ふところ手しては枯葉のやうに居り
駒草に寐ころべば空はるかなり
浦島の太郎は老いて陽炎に

『今井杏太郎全句集』は、無為自然と軽みの句に貫かれている。

松尾芭蕉が「尊像」とまで言い尊敬した荘子の思想は「無為自然」であり、芭蕉がそれを俳諧に応用したのが「軽み」の精神であることは、芭蕉の研究者もあまり語ってこなかった真実である。杏太郎の俳句観は、荘子と芭蕉の関係を勉強して身につけたものではないであろうが、精神科医としての実践を通じて自然と得た考えであろう。

全句集には俳句論も掲載され、自らの俳句の背景を語る。俳句論を論じる俳人ほど、その俳句は俳句論と懸け離れていることが多いが、杏太郎は、自らの俳句作品の内容と俳句論が乖離していない。

「なにもしなかつた波郷」というタイトルの俳句論は優れた石田波郷論であり面白い。

「石を詠つても雲を描いても僕は作者の生活の中の慾や無為やがあらはれるものだと考へる」という波郷の言葉を引用して、「波郷のいふ無為とは、ただ単になにもしないといふことではあるまい。なにもかもあるがままにゐて、そのあるがままの心に遊ばうとしてゐるのである。即ち無為のうちにあそぶ心をいふのである」「波郷の無為は決して病的なものではない」「波郷俳句の〃無為と慾〃をつきつめてゆくと、当然のことのやうに日本人の精神構造、即ち俳諧の心に触れざるを得ないのである」「波郷は、無為の心、無為にあそぶ心こそ俳句の根源と考へた」と述べる。

全く同感・同意である。芭蕉が求めた「軽み」の心を語っている。

これらは禅の言葉に近いように思われるであろうが、禅の言葉は中国で禅を広めるために、僧侶が荘子の言葉を利用したものであることは、日本の禅の学者も僧侶もあまり語らない。禅宗の開祖・達磨は何も言葉を残していない。ひたすら一生、黙って座禅をしろと説き、座禅を実践しただけである。言葉で禅は語れないと達磨は説いたが、禅とは何かを語る書物があまりにも多い。座禅をしない学者が禅とは何かを多くの本に書いているのは、座禅をしないで芭蕉には禅の影響があると、したり顔で論じる俳人によく似ている。

文学で説かれる「遊び」というのも荘子の「逍遥遊」と同じである。坪内逍遥の名前の由来である。

揺れながら波に眠れば蝶の夢

藺玉の揺れてゐるそれもまた夢

杏太郎の全句集には「夢」の句があまりにも多い。「蝶の夢」という言葉は、荘子の有名な「胡蝶の夢」に依拠しているが、全句集には荘子の言葉はあまり見ない。「無為」と「自然」の心の状態は思想というよりも人間のあるがままの精神に近く、特に『荘子』を読まないと分からないというものではない。荘子の思想は『荘子』を読まなくとも、徹底的にこの世の真理を考えれば同じ考えに到達するところがある。

この世の人生は夢だというのも荘子の言葉であって、仏教の言葉ではない。人生は夢だとか、この世は儚いという無常観は荘子が説いていた。釈迦は、食欲・金銭欲・性欲・名誉欲を抑えないと幸福にはなれないという倫理を説いただけである。欲を抑えないと欲には限度がないと教えたのである。荘子は欲を抑えろとは言わない。無為自然の心でいろと言っただけである。無為自然の軽みの心で人生を見れば、夢のような心になる。

夏の夜の夢の竹取物語
あたたかや夢のなかなる物語
それも夢安達太良山の春霞
春の夜の夢のはるかを子守唄
かなしめば冬の花火は夢のなか
涼しさの夢のながれてゐるゆふべ
夢の夜のゆめのむかうの菫かな

うたたねの夢のはるかを蟬のこゑ

うたたねの夢の菜の花畑かな

夢に降る木の葉は遠き野にも降り

『竹取物語』も『源氏物語』も『平家物語』も全て夢のごとしである。毎日の生活に追われず、食費や給与や年金や円安といった経済的問題や世界中の戦争の問題から離れて、花鳥風月を詠むことができるのは、ある意味、夢の中の風景である。

ミサイルが飛び交うこの世は地獄である。地獄の世界がなくなるように俳句を詠むのは平和を願う「祈り」の句であり、「俳句は祈り」を超えることをできない。つまり、実効性のない「夢」の句である。戦争の句も戦争反対のデモも、ミサイルを撃つ政治家を止めることはできない。実効性のない句をなぜ詠むのだろうか。人は祈りとして平和を望む。

ゆらゆらと揺れて雀はかげろふに

儚しや冬の柳の下に魚

この世の自然は、「ゆらゆらと揺れて」陽炎のごとくである。柳も魚も、自然の生命は「儚い」のである。「儚い」という字のなかには「夢」という字が入っている。

北へ吹く秋風なれば美しく

全句集最後に載せられた句で、死の前年である。八十四歳で亡くなったから、もはや辞世の句は必要でなかったであろう。人生最期の句は、美しい秋風の句であったが、北へ吹く秋風が美しいとは不思議な感覚である。美しいと感じることは夢の一種である。夜に見る夢ではなく、昼間に目を開いてこの世を眺める時に思ぅ夢の世である。

うつくしや雛は流れて西へゆく
夕闇のうつくしかりし焚火かな
美しき寒さに風の又三郎
うつくしや越後の国の秋のこゑ
蕎麦咲いてゆふかぜの美しき村
美しき蟹の売らるる港かな
美しきひとにも逢うて春の山
玉蟲の死にまねをせり美しき

全句集には、夢の他に「美」の言葉を詠んだ句が多い。現実は生きる上において、苦しくかつ厳しく、美しい世界ではない。政治家も官僚も経営者もジャーナリストも、本質は自らの利益だけを求める醜い世界の中に住んでいる。芸術と詩歌俳句の世界だけが美しいものを求める。「俳句は文学の一部なり。文学は美術の一部なり。故に美の標準は文学の標準なり。文学の標準は俳句の標準なり」と、正岡子規は『俳諧大要』に説く。子規にとって俳句の評価の基準は「美」であった。美しいものを描写するための手段として写生があったのである。子規にとって、写生は美しいものを詠むための手段に過ぎなかったのだが、多くの俳人・評論家は誤解してきた。醜いものや汚いものを正確に写生しろとは強調していない。「美は人を沈黙させる」とは小林秀雄の名言である。美しい俳句には評論家は沈黙しなければいけない。自然は美しいものでも醜いものでもない。美しい心を持っている人に自然は美しさを見せる。

綾部仁喜　忘らるる栄死者にあり草萌ゆる

綾部仁喜は昭和四年（一九二九）、東京府に生まれ、平成二十七年（二〇一五）、八十六歳で没した。二十四歳の時に「鶴」に入会、石田波郷・石塚友二に師事し、四十五歳の時に小林康治創刊の「泉」の同人となり、六十一歳の時に主宰を継承した。俳人協会賞、俳人協会評論賞、俳句四季大賞を受賞している。「泉」は現在、藤本美和子に主宰が継がれている。

忘らるる栄死者にあり草萌ゆる
春の雪わが名廢れてすべて消ゆ

本書で「忘れ得ぬ」俳人を取り上げることは、忘れられることを栄と思う仁喜の謙虚な思いに反するだろうか。名前だけでなく俳句もすべて消えることを望んでいたのであろうか。作者と作品を忘れられるか忘れられないかは、読者の読解力・鑑賞力に依存する。仁喜は、俳句の良さは分かる人には分かると思っていたようだ。俳人は死後に自らの句の評価を知ることはできないから、忘れられても当然と思っていたのであろうか。秀句は後世の人が評論を通じて永く伝えていかなければならない。

綿虫や病むを師系として病めり
三月の咽切つて雲軽くせり
声なくて唇うごく暮春かな

結核を発病し五十六歳で没した師・波郷の人生を仁喜は思う。七十五歳の時に、気道切開をして声を失っている。声が出ずに俳句を詠み続ける苦労は大変であったと思われる。声を失っても俳句を詠み続ける情熱は、目が見えなくとも俳句を詠み続けた村越化石を思わせる。詩魂の情熱だけが残っている。

天へゆく道あきらかに辛夷咲く
一本の道あり冬につづきをり
誰がための道ひと筋や春の泥

仁喜は「道」の句を少なからず詠む。松尾芭蕉の〈此《この》道や行人《ゆくひと》なしに秋の暮〉を連想する。芭蕉の句は、秋の暮れに行く人のいない道に独り佇んでいるという表面的な意味だけでなく、人間の根源的な孤独を感じ、自らの軽みの道を行く人は誰もいないという嘆きである。芭蕉の説く「道」は、彼が尊敬した荘子の「道」に通い、『おくのほそ道』の「道」に通う。日本の芸術に、歌道・連歌道・俳諧道・茶道・華道・書道等、老荘思想の「道」がつけられているのは、芸術は表面的な技術だけでなく造化自然と一体になるという心を身につけることが大切とされるからである。俳句も切字とか二句一章とかテクニックばかり論じられるが、芭蕉の求めた「道」がおろそかにされている。

「天へゆく道」とはいかなる道であろうか。

「道」は老荘思想が説く無為自然・造化随順・万物一体の道である。「天」とは「神」なりと老子は説く。辛夷の花が美しく咲くことを詠む行為が、天という造化の神に至る道である。辛夷の花が咲くということの世の神秘そのものが、造化の神秘を思う道に他ならない。造化の神はゴッドという意味とは全く異なる。自然そのものが不思議であり神秘的な存在であることが造化の神であり、仁喜が芭蕉から学んだ造化の道である。「一本の道」「道ひと筋」は芭蕉・荘子の「道」につながる。俳句の一本の道を理解できない俳人が仁喜のような俳句観を頭で批判しても、仁喜の心には届くことがない。

羽浮いて樹上一尺初鴉

「樹上一尺」の言葉は、歌人・上田三四二《みよじ》が『この世この生』で、西行は地上一寸の人だと言ったことを連想させる。西行は、桜や月を見れば心が身体を抜け出してその果ては分からないと詠んだ。西行の体は心を追って一寸ほど浮き上がる。その状態を三四二は「現世浄土」「地上一寸の浄福感」と述べた。明恵上人が樹木に登って座禅したことも連想する。初鴉は何に魅せられて、この世から離れて樹上一尺まで浮いたのだろうか。鴉は仁喜の姿を思わせる。

半日の落葉を踏みぬ深大寺

いぬふぐり大足の師を戀ひにけり

俳人が深大寺と詠めば、波郷の墓参を意味する。水原秋櫻子、能村登四郎をはじめ「馬酔木」「沖」「鶴」の俳人は多く波郷を思い、深大寺の句を詠んできた。

「落葉を踏みぬ」という行為は波郷の俳句の道を踏むということであろう。星を踏むという言葉が道教にあり、北斗七星の形に添って歩を進めることであり、能や相撲の足の運びに影響したことを連想する。日本の天皇家の行事や神道・芸術は道教の反閇《へんばい》や禹歩《うほ》を取り入れた。踏むという行為は崇拝に近い。「大足の師」は波郷である。波郷を尊敬する俳人が波郷を思う句には尊敬を超えた深い情が感じられることは他の俳人には見られない。波郷の俳句と人格が好かれてきた。

國神と遊びて秋の日燒かな

記紀では、天の神と国の神が陽と陰の関係になって天地を治める。俳人には国津神が人気のようだ。

仁喜は國學院大學を卒業しているから、記紀万葉の神々については他の人よりは深く学んでいたであろう。「遊ぶ」とは荘子によれば、何物にもとらわれず渾沌の世界で自由な心をもつことであり、逍遥遊と呼ばれる。
「造化」の語義は、「老荘思想における造化。万物を創造化育するもの。神または自然」といい、芭蕉の精神を加味して、「霊力を有する天地自然そのもの、またがその産物」と仁喜は述べる。また「汎神論的」ほどではないが、「天地自然を物質的にのみ見る見方」よりは「霊的呪的に受け取っている」とも『山王林だより』にいうところは深い。仁喜は芭蕉と同じく、老荘思想に学び、秀句を残した俳人であった。

露けさは石のあげたる石の声
地の声に応ふる一葉落ちにけり
木の声に呼びかけられて春を待つ
冬泉命終に声ありとせば
沈黙を水音として冬泉

声を失ったからか、声を意識した句が多い。また造化自然の中に聞こえない声を聞く。高濱虚子の〈石ころも露けきものの一つかな〉を連想する。俳句に季感があるのは、四季の命の声を聞くためである。命の最後まで声を出せることを念願したが、沈黙の声とならざるを得なかった。「意味に凭りかからない俳句、散文訳鑑賞者を困らせる俳句を作ろう。〃句に意味を持たせるな〃もっともっと押し黙ろう。黙っていて、風格がある句が作りたい」と『山王林だより』にいうのは、饒舌な評論を嫌い沈黙の声としての俳句だけを希求することである。騒がしい時評・評論を書く今日の饒舌な俳人・評論家が黙って聞くべき貴重な言葉であろう。現在は無風の俳壇だが、静かに優れた俳句を詠み続ける時代である。有季定型を批判する荒々しい風を吹かせる時代は終わった。求められるのは風ではなく秀句である。

いのちあるものに光りて初時雨
枯山の去年の光に会ひにゆく
寒木となりきるひかり枝にあり
寒木の暮れてまとへるうすひかり
けふのひのひかりのひとつ地虫いづ

この世の命に光を見つめている。芭蕉のいう「物の見えたる光、いまだ心に消えざる中にいひとむべし」の精神をもって万物の命を詠んでいた。芭蕉の「物の見えたる光」は「造化のはたらき」であり「造化そのもの」であるといい、「俳句は造化の語る即刻の説話」と仁喜は断言し、全面的に共感・同意する。光は物理的な光ではなく、命の発する精神的な光である。光とは命である。

生くるとは見舞はるること水仙花
死も生の象《かたち》といへり寒の梅

生きることは「見舞はるること」というのは哀しい思いである。「死も生の象」という言葉は、荘子の「死生存亡の一体たるを知る」という言葉を連想する。生と死は造化の働きであり、連続した現象であり、異なった事象ではないという思想である。
「わが名廢れてすべて消ゆ」とはならず、仁喜の詩魂は俳句に残り、後世の読者の記憶の中に言葉の霊として生きて働く。

斎藤夏風　山繭のみどりのうるみ見て飽かず

斎藤夏風は昭和六年（一九三一）、東京府に生まれ、平成二十九年（二〇一七）、八十六歳で没した。二十二歳の時に「夏草」に入会し、五十五歳の時に「屋根」を創刊した。八十歳の時に俳人協会賞を受賞する。「屋根」終刊後は後継誌として染谷英雄が「秀」を創刊している。

露濡れの桜木の下誰もゐぬ
満開の牡丹に翼見たりけり

『斎藤夏風全句集』には夏風の絶筆十句が載り、引用句はそのうちの二句である。『毎日が辞世の句』で述べたように、俳人は特に辞世句を意識して俳句を詠んでいるのではなく、結果として最期に詠んだ句が辞世句となる。死後に出された全句集での最期の数句を読者は絶筆と知るから、あたかも辞世の句であるかのように解釈をするのは人として自然である。

一句目の「桜木の下誰もゐぬ」という風景は、事実として木の下に誰もいないことを客観的に詠んだのであろうが、読者は「誰もゐぬ」という言葉に深読みをする。桜木の下には誰もおらず、あたかも一人寂しくこの世を去るような思いが読み取れる。

〈満開の牡丹に翼見たりけり〉というのは、一体何を見たのであろうか。客観写生句の多い夏風には珍しい想像的な句である。牡丹の花は翼のようには見えないから、牡丹の葉が翼に見えたのであろうか。あるいは、牡丹の花全体が翼をもって今まさに飛ぼうとしたような風景を想像したのであろうか。読者は想像をしいられる。全句集の中ではこういう句に惹かれる。

引用二句は、死の直前に作者の魂がこの世を離れることを無意識に感じた句であるかのように理解できる。優れた句には作者の無意識的な主観がにじむものであり、短い俳句の解釈・鑑賞には読者・評者の主観が反映される。作品を後世に伝えていくのは読者・評論家の主観である。

短い俳句の解釈の多くは読者の主観に依拠せざるをえない。人は目の前の俳句を客観的には解釈できない。解釈には無意識な主観が込められる。

第一句集『埋立地』に、師・山口青邨の序文がある。青邨は初期の夏風の作品に「特異の表現」「何か現代詩的ムードに浸つてゐないか」「ナイーブで敏感で繊細で知的である」と批評して、「デッサンをしつかりしなければ駄目だ」「構成の骨組をしつかりしなければ」と教えている。高濱虚子が阿波野青畝に写生を説いた書簡に似ている。青邨の言葉に従って、夏風はデッサンと構成の骨組みをしっかりする句風を確立したが、絶筆には、青邨が注意した「詩的ムード」が籠もっているようだ。青畝も晩年は主観写生を忘れていなかった。

柚子湯してうたびと浮かぶ次々と
一片の昇る落花もありとこそ
地に落ちし花一片の静もりに
病み抜けてくれれば枯葉もうつくしく

死の前年の句である。柚子湯につかっている時に浮かんだ「うたびと」とは何であろうか。多くは意味が明瞭な夏風の句において、「うたびと浮かぶ」の言葉は読者には明瞭ではない。

生涯に出会った俳人・歌人・詩人を総称して「うたびと」と呼んだのであろうか。青邨のような特定の俳人を指しているのであろうか。人生の走馬燈のような思いを感じる。

地に落ちる多くの花の中に、一片だけ昇る花を見たのも不思議な光景である。風が吹いて花が舞って上に昇るのであれば一片だけではない。牡丹に「翼」を見た目が「昇る落花」を見る。見るというのは客観的事実ではなくて心の中の風景である。

地に落ちた花一片に「静もり」を感じるのも、一般的にはあまり詠まれない感性である。「静もりに」で句が終わり切れていないのも珍しい。静もりは鎮もりであろう。魂の鎮めを感じる。

枯葉が美しく感じるのも人生の最期の思いであろう。

山繭のみどりのうるみ見て飽かず

望の夜の幾たびも我が影法師

万燈に風なきは闇降るごとし

これらは死の二〜三年前の句である。

「山繭のみどりのうるみ」を「見て飽かず」という句には、山繭の写生句というよりも、作者の見て飽かずという詩人的態度を思う。見て飽かずという精神は『万葉集』に多く詠まれている。例えば、紀伊の国の海を見て飽かずに思い、奈良の都に持ち帰りたいと思う万葉人の詩的精神と同じ心である。

山繭のような自然の小さく美しいものを愛する心が、松尾芭蕉の造化随順の精神であり、正岡子規の写生精神であり、高濱虚子の花鳥諷詠の精神である。純粋な俳句の精神は複雑ではなく、研究者や評論家が論じるような難しい論文では語れないような単純な心の思いである。人工的・人為的なものや人間が作った機械には、詩的精神は「見て飽かず」と感じない。さらにAIの機械的な言葉の組み合わせによる俳句では、山繭を見て飽かずと思うことはない。見て飽きないのは作者の心である。

二句目の意味は明瞭であるが、その心は単純ではない。満月の夜に自らの影を眺めているが、なぜ「幾たびも」見るのかは分からない。幾たびも自らの影を見るのも普通ではない。日光によってできた影ではなく、月光によってできた影は何か不気味な思いにさせる。作者は自らの魂を見ているかのようである。

三句目の「闇」もまた不思議なものである。「闇降る」とはいかなる風景であろうか。風のない時に闇全体が天から降りてきたと作者が感じたと思うほかはない。

合歓の花離るる虫と籠る虫

なやらひや夕陽の中の方相氏

橋桁に霊は多しと施餓鬼舟

迎火を遊びせむとて魂に焚く

これらは句集『辻俳諧』の句である。

花と虫は、お互い生命を維持するための神秘な関係を保つ。虫は花の受粉を助けるお礼に蜜を吸わせてもらう。蜜を吸って花から離れる虫と、蜜を吸うために花に籠もる虫の姿を、作者はじっと眺めて飽きない。写生句を詠むためには、対象をじっと眺めなければいけないという虚子の言葉を連想する。

追儺の中で疫病や鬼を祓う儀式は、古代中国の道教思想が日本化されたものである。夕陽の中に見た方相氏に、科学では解決できない何かを感じた作者の思いがある。

施餓鬼舟は霊を船に乗せてあの世に送る儀式であろう。作者は「霊」について思う。盆は、もともと釈迦の思想ではなく、中国で道教の祖霊の考えが仏教に取り入れられたものだが、作者は宗教に関係なく、霊や魂の存在を身近に感じていた。「遊びせむ」という言葉が興味深い。魂を迎えることを「遊び」と詠んだ句は稀有であろう。荘子の逍遥遊を連想させる。死後の魂はあるかどうか分からないが、魂があの世から帰る儀式は悲しみを鎮める遊びであろう。

妻逝きぬ天は繰り出す青嵐

白菖蒲むらさき菖蒲妻茫と

門火焚く魂公園を来るならむ

妻への鎮魂の思いである。

妻が亡くなった後に青嵐という天変地異が発生したと詠む。妻への思いが偶然を必然とさせる。天も悲しんでいるようだ。

若き頃に菖蒲を妻と見に行ったことを思い出している。しかし、今はもうその妻はいない。白い菖蒲や紫の菖蒲は妻の記憶をよみがえらせるけれども、今はもう茫というはるかなところに行ってしまったと詠む。妻の魂が公園を通って帰るというのは具体的で興味深い。鎮魂の句は妻の魂と自らの心を鎮める働きがある。妻の霊が安らかに眠ることを祈る思いである。鎮魂は類想句ではない。親族や知人を亡くすことは、個人の一生で大切な忘れられない事件である。鎮魂を類想と思う人には凡句しか詠めないであろう。

大牧　広　　樹木医になりたき来世はるがすみ

大牧広は昭和六年(一九三一)、東京府に生まれ、平成三十一年(二〇一九)、八十八歳で没した。三十六歳の時に「馬酔木」に入会、三十九歳の時に「沖」に入会、五十八歳の時に「港」を創刊・主宰する。七十七歳の時に現代俳句協会賞を授賞し、その後、詩歌文学館賞、山本健吉賞、蛇笏賞を受賞した。広は七十歳を超えてから句の内容を大きく変化させた。松尾正光の優れた俳人論『戦後俳句を支えた一〇〇俳人　下』では、六十八歳の時の広を紹介して、反骨や批判精神には何も触れていないから、広はそれまでの評価を意識して、その後大きく句風を変えたようだ。七十五歳の時に俳人協会を辞し、「社会性俳句ふたたび」の講演をし、その後、戦争への思いや社会性の句が増加した。

　　正眼を通す梟には勝てず

句集『正眼』の帯文に、「正眼をつらぬいた日常でありたいと思っている」と述べる。物事を真っすぐに正面から見ていく姿勢であり、社会性俳句に繫がる。夜行性の梟の目は獲物を見つけるために人間の何十倍もの感度を持つが、その梟の正眼の姿勢にはいまだ負けていると詠む。

　　反骨は死後に褒められ春北風

作者は死後の評価を気にしている。反骨精神は生前でなく死後に褒められるだろうかと思う。七十歳を超えてからの受賞歴は、反骨精神を評価する選者に会えたからであろう。

　　つくしんぼさへも悟りし無常の世

仏教や老荘思想の教えによらなくとも、つくしんぼは悟ることができるほど、この世はあまりにも無常だと詠む。難解な思想を知らなくとも、人は親族や動物の死に会えば無常を知るであろう。

一生のほぼ見えてきし芋雑炊

つくしんぼも悟る無常を、高齢の作者は日々感じているようである。一生がほぼ見えてきたとの作者の思いが詠まれている。

めつむりて茅の輪くぐれど濁世なり

邪を祓って清らかな心と体になろうと茅の輪をくぐっても、この世の現実の濁世は変わらないと、神道の祓いの働きに疑問を感じる。一般の人々は、濁世だから茅の輪でもくぐろうかと半ば疑い半ば遊びのような気持ちを持っているのではないか。しかし、広の俳句も濁世を無くせない。

木の芽和売文ごころありやなし

私が俳句総合誌で連載をしている時に偶然、同じ総合誌で広も連載をしていたので、彼の鑑賞文をよく読んだ。文章を書いて原稿料をもらう行為を売文と考えていたようだ。稿料は雀の涙だから売文といえないのではないかとも疑っているようである。

虫滅ぶついでに滅ぶものあまた

動物の姿・動きによって人間の行為を暗示させた、相生垣瓜人と百合山羽公の句風を連想させる。虫が滅ぶ環境になることは、人間にとって大切な生物が滅び環境破壊を起こし、新型コロナウイルスのような異常なウイルスが発生することに繋がる。

暴動を好む民居て虚栗

黄塵や難儀な国の二つ三つ
枝豆の国産てふを信じねば

暴動を好み、黄塵を発生させている隣国を暗示したようであるが、難儀な国が複数存在するというのは日本をも含めているようだ。枝豆は国産ということを信じたいが、外国産の可能性を疑っているようでもある。正眼は環境問題に及ぶ。俳句で社会を批判しても社会は良くならないが詠まざるを得なかったようだ。社会批判も平和への祈りの一種であろう。

原発はつまり墓場で青嵐
海やはり母でありたり麦藁帽
磯遊び海憎んでは愛しては

大災害による原発の事故を批判する。海は津波を発生させるだけの海ではなく、人間にとっての母であるとも思い、自然への愛憎が混在した複雑な思いを持つ。海の中に母があるという三好達治の詩を連想させる。

着ぶくれて余生いよいよあからさま
お迎へが来るまで書くぞ雪しんしん
この世まだ懲りずにをりて蓑虫は

広は、句集『地平』のあとがきで、「社会と俳句に目配りの忙しい日々であったが、その忙しさが作句のエネルギーになった」という。平均寿命を超えて、余生を意識しているものの、「お迎へが来るまで」書き続ける意欲を持っていた。この世をまだ懲りていないのは蓑虫でなくて作者であろう。

初句会たたかふ俳句欲しかりき
この齢で義憤ありけり桜漬
この夏は正論絶やしてはならず
世の中を正しく怒れ捨案山子
夜学生今こそ声を挙げ給へ

精神的に元気であるのは、俳句を通じて何物かと闘っているからであろう。作者は「義憤」「怒り」を持ち続けて俳句を詠む。その怒り方は「正論」を絶やさず、「正しく」怒ることだとする。夜学生も勉強するだけでなく声を挙げて怒れと詠む。怒っても社会は良くならないが、怒りを俳句に詠まざるを得ない。

海永遠に汚染されゐて梅ひらく
鯖雲やせめては反核署名せし
書斎にてデモを讃へしいわしぐも

怒りの対象は原発の問題、反核の問題であり、作者は書斎に座りデモに参加はしていないが、デモを賞讃する。社会性俳句の目的は社会を良くすることであるが、俳人しか読まない俳句を書いても社会は変わらない。社会を良くするためには、俳人は自ら政治運動をしなければならないであろう。

赤狩りがはじまる予感北風吹いて
水餅や世間はすでにきな臭し

作者は現在の政情をみて「赤狩り」の始まりを危惧する。「世間」の状況は「きな臭し」という危険な状態だと強調する。晩年は、俳句では解決できない政治問題を多く取り上げた。

ほうたるやいくさ知る人減りてゆく

口汚すもの食べてゐし空襲忌

ガム一枚拾ひし敗戦後の夏よ

広は終戦時には十四歳だから実戦の経験はないが、空襲や空腹のつらい体験を持つ。戦時中の思い出を俳句で伝えていくことは、戦争を知らない世代にとっては価値あることだと思っていた。

極道と句道と似たるはるがすみ

老化とは浄化にも似て蜆汁

やや洒落めいた諧謔句のようであるが、シニカルでもある。芭蕉が「夏炉冬扇」といったように、俳句道は実生活には全く役に立たないから極道に似ている。老化とともに食欲・性欲等の生命欲が少なくなり、心が浄化すると思ったようだ。釈迦は表現欲と名誉欲が最後に残ると説いていた。

難解句であればよいのか蜘蛛に聞く

作者の俳句観を詠む。難解な前衛句を否定したようだが、作者の句は分かりやすい。

雲詠むと心やすらぐ実千両

玉子かけご飯の至福一の午

樹木医になりたき来世はるがすみ

晩年の句集には社会性俳句が多いが、雲を詠むと心がやすらぐという純情な心を持つ。作者の師・能村登四郎は〈次の世は潮吹貝にでもなるか〉という句を残したが、作者は来世で樹木医になりたいと詠んでいた。批判すべき戦争のない来世では、樹木を相手に平和な句を詠んでいるだろうか。

上田五千石　万緑や死は一弾を以つて足る

上田五千石は昭和八年（一九三三）、東京市に生まれ、平成九年（一九九七）、六十三歳の若さで没した。十四歳の時、僧侶で俳人の父から五千石の俳号を付けられた。二十一歳の時、神経症で苦しんでいたが、秋元不死男の句会に参加して病気から回復した。二十三歳の時に「氷海」の同人となり、昭和四十八年、三十九歳の時に「畦」を創刊・主宰した。五十八歳の時点で「畦」は二千名の会員が在籍したと本宮鼎三はいう。現在、五千石門の結社が多い理由であろう。三十五歳の時に出した句集『田園』で俳人協会賞を受賞した。「ランブル」主宰の上田日差子は長女である。

早蕨や若狭を出でぬ仏たち

森澄雄の句〈若狭には佛多くて蒸鰈《むしがれい》〉の影響を受けて若狭の小浜を訪れ、若狭の人の信仰の篤さを讃えるが、類想句ではない。優れた俳句を読むことが自らの俳句のテーマとなる好例であり、作句態度が参考になる。「学ぶ」という言葉の語源は「まねる」だとされる。人はまねることによって学んでいく。信仰も子供のころの親の影響があるだろう。信仰は生まれた郷土の宗教的歴史に影響される。特に日本の仏教と神道はあまり普遍的なものではない。俳句の結社の句風に似ている。仏という仏教の信仰対象も郷土の外に出るものではなく、地方に独自の信仰となる。地方に固有の仏を信じて祈ることができれば、普遍性がなくともいいのであろう。

万緑や死は一弾を以つて足る

生命力にみちた万緑が作者に死を意識させた。たった一発の弾丸が死をもたらす。安倍晋三元首相が銃弾で殺された時にこの句を思い出した。選挙、マスコミ、政治論、文学、宗教全て、政治を変えることができない時、人はテロに走ることを思わせる。これは晩年の句ではなく『田園』の中の句だから、三十五歳以前に死を思い詰めていたようだ。六十三歳という若さで亡くなったことを考えると、病気もまた一弾であった。人は自らの死も世の中の未来も予測できない。多くの事件は縁と運による「一弾」によって決められることを思わせる。人間の生命の構造は複雑である。医学の専門書を読んでも身体の生命のメカニズムは分からない。日本人が新型コロナウイルスのワクチンの開発で後れを取る理由すら日本人には分からない。しかし、死が一瞬にやってくることは分かる。免疫とはなにか分からないが、免疫のない人がウイルスを吸えば一瞬にして死ぬことは分かる。誰もが納得できる句であるが、誰も詠むことができなかった秀句である。六十三歳の若さで死なざるを得なかったことは皮肉であろう。

渡り鳥みるみるわれの小さくなり

作者は一種のめまいのように感じたと自解する。若い頃神経症だったというが、自らの精神・魂が体から離れて、自らを遠くから見ているような感覚である。渡り鳥は作者の魂の姿であろう。「眼前直覚」という俳句観ではこの句の感覚は説明できないようだ。直覚の内容は一句一句異なる。五千石論でよく論じられる大乗仏教の思想と、我の存在を小さく思う感性は異なる。作者の精神が渡り鳥に乗り移っているが、一部の体はまだ乗り移っていない状態である。

これ以上澄みなば水の傷つかむ
水といふ水澄むいまをもの狂ひ

死の淵といふ秋水の透明度
水澄みに澄む源流のさびしさは
光りては水の尖れる我鬼忌かな

水が澄んでいくと液体ではなくガラスのようになって、自らを傷つけるように思うと作者はいう。透明に澄むことへの恐怖が無意識にある。水が澄むことが「もの狂い」をもたらし、「死の淵」を思い出させる。狂といっても詩的であり、魂が離れる状態である。五千石の発想は彼しか持ち得ないものであり、他の俳人に例をみない発想の句である。普通の俳人が簡単に詠むことができるテーマではない。

木枯に星の布石はぴしぴしと

山口誓子の星の句に影響されたという。星の輝きが囲碁の石を打つように感じられる。水や光に固体を想像してしまうという五千石特有の感性である。誓子の星の句にはない感性である。

太郎に見えて次郎に見えぬ狐火や

三好達治の詩、「太郎を眠らせ、太郎の屋根に雪ふりつむ。／次郎を眠らせ、次郎の屋根に雪ふりつむ。」に影響を受けている。太郎は狐火を信じ、次郎は狐火など信じなくて、物質の燐が燃えると科学的に考える。信仰と不信仰を対比させている。狐火を信じる人が詩人である。目に見えないものが信じられない月並写生の俳人は、詩人にも評論家にもなれないのではないか。

もがり笛風の又三郎やあーい
みちのくの性根を据ゑし寒さかな
みくまのの精神滝と現じたり

山本健吉は五千石論「『風の又三郎』の縁」の中で、「五千石氏が心に願うものの中に、およそ世界の宗教、キリスト教も仏教も日本の神も民俗神話も、すべて溶かしこんで、無意識の奥に潜むアニミズムと言ってもよい宗教の原型を感じ取ったからいうのである。それは、私が『俳』とか『軽み』とか言って来たものの根底にある願いに触れるものを感じ取ったということである。それがなかったら、私は現代俳句や俳句作家にとって、何か物言う情熱がありえようか。私は龍太・澄雄以後、何人かの作家の『俳』志向に、それを感じ、見守ろうとする」と深く洞察している。健吉が五千石に感じた「軽み」は、軽薄ではなく、深い精神である。多くの現代俳人は松尾芭蕉の「軽み」を誤解してきた。しかし、五千石の句には健吉が説くほどアニミズム性を感じられない。アニミズムは反・一神教的な意味で全人類に普遍的な魂の思想であるが、五千石の句は五千石にしか詠むことができない特殊な世界である。み熊野の精神が那智の滝の神を生み出したのではなく、滝を神と思う精神が那智という土地に根付いたように思われる。〈渡り鳥みるみるわれの小さくなり〉の句のように、五千石は物事を逆転させて見る傾向がある。本質は同じであろうが、発想が逆である。

たまねぎのたましひいろにむかれけり

青葉木菟この世かの世の境にて

霧吹きといふこと山の神もする

健吉が洞察した「アニマ」が詠まれている。魂は目に見えない無色で透明に近い。五千石は「眼前直覚」の俳句観を唱えたが、たまねぎを眼前にして魂の存在を直覚した。たまねぎもまた魂という命の源を持つ。全ての生物は人間と同じ命と魂を持つとは荘子の思想であり、荘子を尊敬した芭蕉の軽みの精神である。「写生」という俳句観から正岡子規の全句を理解することはできないように「眼前直覚」の俳句論から五千石の秀句は充分には理解できない。一句一句のユニークさを味わうべきである。

好敵手ありて吾あり冷し酒

好敵手が存在して吾の俳句がある。優れた俳人は心の中にライバルを持つ。『ライバル俳句史』『平成俳句の好敵手』『ヴァーサス日本文化精神史』で日本文化精神史・俳句史でのライバル関係を詳細に分析した。文学におけるライバルとは論争の敵ではなく、詩性が理解できる精神上の友である。優れたライバルは敵対関係としてではなく、この世に相補的に共存する。

田楽は茄子を俳諧は荘子を祖
考へを止めて水母のごとく生く
木を仲間草を仲間に夕涼し

荘子を俳句のテーマにしたのは優れた洞察だが、澄雄と健吉の影響だろう。諧謔・俳諧の精神の祖が荘子であったことは江戸時代では常識であり、『荘子』は俳諧師に必読の書であった。現代人は『荘子』を読むことも理解することもなく古典を無視する。荘子は全ての動植物と人間の命は平等だと説く。木や草を仲間と思うことが「軽み」である。

安心のいちにちあらぬ茶立虫

漢字の「安」は「宀」と「女」からなり、新妻が嫁ぎ先の祖先の霊廟を祀れば安心を得るという道教神道の思想であり、儒教や大乗仏教に影響した。しかし、五千石は宗教的な意味での安心を得ようとはせず、小さな虫のように今を懸命に生きる思いを詠んだ。

遠藤若狭男　次の世はせめて土筆に生まれたし

遠藤若狭男は昭和二十二年（一九四七）、福井県に生まれ、平成三十年（二〇一八）、七十一歳で没した。三十六歳の時に「狩」に入会し、平成二十七年、六十八歳の時に「若狭」を創刊・主宰となった。私はかつて彼と食事した時に結社誌を持つことを勧めたことがあった。若狭男の死後に妻・大谷和子によって句集『若狭』が編まれた。遺句集ではなく、若狭男は生前に第六句集『若狭』の出版を予定していたという。大谷和子は、「若狭」の編集長となる前は、私と同じ短歌結社に所属していて、優れた歌人であった。「若狭」では大谷は俳人として抒情的な佳句を詠んでいた。

文月やわれに過分の評論賞

若狭男が日本詩歌句随筆評論大賞を七十歳で受賞した時は、私と二ノ宮一雄が選考委員であった。俳句創作だけでなく、俳句作品の鑑賞に優れていた。俳句作品だけを対象に心の奥を理解する作品評は他のいわゆる時評的・ジャーナリスティックな文章や学者的論文とは異なっていた。亡くなる数か月前に会った時は元気だったので、七十一歳の若さで突然亡くなったことは残念であった。

青き踏むときをり死後のこと思ひ

炎天の銀座に人生ふりかへる

句集の最後の章には月刊総合誌「俳壇」に一年間連載した俳句が掲載されている。亡くなる前の一年間であるが、辞世めいた句や病気についての句はない。若狭男は、自分の心情を率直に詠む句風なので、病気は突然やってきて死に至らしめたようである。「死後のこと思ひ」「人生ふりかへる」という句では、来し方行く末を思っていたようだ。
次の世はせめて土筆に生まれたし
わが死後のわれかも知れず秋の風

亡くなる直前ではないが、句集には死後を思う句がある。来世は土筆に生まれ変わりたいと謙虚に願っていた。死後への祈りの句である。秋の風に死後の霊魂を感じていたのは不思議な感覚である。「千の風になって」のアニミズム的歌詞に通う。この句もまた死後を祈る姿である。若狭男の魂は、秋風に変貌してこの世で生きているようだ。

向日葵に存在意義を尋ねたし
十月の空青すぎる不安かな
われ在りとゲリラ雷雨にわれ思ふ
十二月八日時計の狂ひ出す
秋澄みてこそあらはなる悪意かな

いつも自らの存在意義を問う人であった。死の数か月前には何か「不安」を感じていたが、将来への漠然とした不安であろう。十二月八日は真珠湾攻撃の日であり、反戦論者であった若狭男にとっては、世界の時計が狂い出す日であったようだ。秋が澄んでいるからこそ露わになる「悪意」とは何か。分かりやすい句風の中に時々真の意味が分かりにくい句を詠む。日頃は謙虚な人であったが、内面的に人間の悪を突き詰めて考える一面があった。

修司忌につづいて澤田和弥の忌
穢れなき五月穢れなき和弥の忌

寺山修司が没したのと同じ五月に三十五歳で自裁した澤田和弥は「若狭」創刊と同時に入会した。早稲田大学の俳句研究会で若狭男の指導を受けたが、澤田は若狭男の人生観・文学観に惹かれていたのであろう。二人に共通するものは穢れなさであろう。芥川龍之介と同じ年齢での自裁であるが、人の自裁の理由は自裁しない人には永遠に理解できない。いかにも自裁の理由が分かったかのように述べる人や、亡くなった後に人の自裁を批判する人が多い。黙禱して鎮魂を祈るほかはない。

世はまこと不条理ばかり利休の忌
人の世の落し穴見て利休の忌
秋立ちていざ生きざらめやもと旅
生きがたき世を生きむとて蠅生る

穢れなき心が表れた句である。豊臣秀吉に自裁を強要された千利休の死の理由を探るべく、私は多くの本を読んだがよく分からなかった。自裁した小説家の小説を読んでも自裁の理由はついに分からない。社会的政治的環境は「まこと不条理ばかり」であろう。死ぬまで生きなければならない者は、「いざ生きざらめやも」と自らを鼓舞するほかはない。この世は生きがたき世であったことは真実であろう。

水仙をささげむ若狭姫神社
こころ癒せとふるさとの穀雨かな
若狭路のいとうるはしき春惜しむ

亡き母を思ひて手折る野菊かな
しぐるるや若狭のはての若狭富士
うるはしき仏にまみえ春惜しむ

俳号・結社誌に「若狭」という名前を付けたように、句集の中でもっとも心に残るのは故郷の若狭を恋する句である。水仙を女神に捧げて祈る姿に若狭男の本質がある。故郷は心を癒す場所であり、故郷への路は「いとうるはしき」思いをもたらす。故郷の思いは母への思いでもある。母の魂には野菊がふさわしい。母の魂の向こうにはいつも若狭富士がそびえている。

本といふ厄介なもの増えて夏
無頼派にあくがれし日も蟇
漱石も百円均一古書の秋
四月二十九日ぞ中也詩集読む
修司忌や修司を探す旅に出て
炎天を戻りてニーチェ読み直す
読めば読むほど切なくて桜桃忌
子規に会ひ子規と飲みたや黒ビール
冴返る西行庵の西行像

句集には読書に関する句が多い。彼は多くの本を求め、特に高価な初版本を持っていた。太宰治や坂口安吾らの無頼派作家、夏目漱石、中原中也、寺山修司、ニーチェ等々、多くの名前を詠む。若狭男は、何かに利用するために読むのではなく、ただ純粋に読書が好きだから本を集め、じっくりと読書を楽しんでいたようだ。ニーチェを繰り返し読んでいたが、特にニーチェの無神論について文を書くとか、俳句の評論に応用するといったことには使っていないようだ。ただ、彼の本当の内面は俳句には詠まなかったのかもしれない。もっと深く話し合っていればと思うが後の祭りである。

反戦の声あげてこそ秋高し
反戦を言ふは易しと火取虫
行動で示せと八月十五日
九条を守れと九月の空仰ぐ
むし暑きヘイトスピーチなど止めよ
権力にひれ伏すやからばかり冬

最終句集には社会性俳句が多い。反戦を詠む俳人は多いが、若狭男は行動で示そうと努力していた。金子兜太の死後に多くの兜太論が出て、社会性俳句や反権力的言動を評価する人が多いが、実際に自ら行動で示そうとした俳人は殆どいない。日本人は一億総評論家といわれるように、口先だけの批判・非難が多い。社会性俳句は芸術性・ポエジーを欠き、高く評価されることは難しい。社会性の問題は俳句では解決できず、政治的問題として解決しなければいけない。俳句は政治を変えられず、政治的運動で態度を示さないと政治家には届かない。人類はいつも反戦を唱え続けてきたが、現実は宗教戦争・民族戦争等、今日も殺し合いをしている。若狭男は反戦のために俳人は何をすべきかを真剣に考え、俳句の詩性・抒情性とのはざまで苦しんだのではないか。

あとがき

本書は、「俳句四季」に二〇一九年四月号から連載している「忘れ得ぬ俳人と秀句」の中から、四十篇を一冊にまとめたものである。今まで俳人論集としては、『句品の輝き』『ライバル俳句史』『平成俳句の好敵手』『文人たちの俳句』『毎日が辞世の句』の五冊を書いてきた。多くの優れた俳人を取り上げてもう十分と思ったが、『毎日が辞世の句』を書いた後に読者から、さらに誰々を書いてほしいと言われて、俳句史にはまだまだ書くべき優れた俳人が多く残っていることを知らされた。

従って本書で取り上げたのは、今までに取り上げてこなかった優れた俳人というだけに過ぎない。「忘れ得ぬ俳人」として、ここに収録すべきと思う人がいるならば、これまでの五冊を参照いただきたい。「芸術は長く、人生は短し」といわれる。されど、多くの俳人と俳句は、死後に忘れられてゆく宿命にある。受賞してもしなくても多くの俳人は忘れられてゆく。鎮魂句で亡き人を詠むように、本書で亡き人の句をよみがえらせたい。

全ての賞の対象が存命の俳人であるように、俳壇では存命中の人が多く語られる。過去の俳人は稀に取り上げられるだけである。

一人でも多くの優れた俳人、一句でも多くの秀句があったことを知ってもらえれば、そして、故人の俳句をさらに読みたいと思ってもらえば、評論の使命は果したことになる。

作品だけが独りでに残ってきたのではなく、多くの人が、作品について散文で語ってきたからこそ作品は残った。作品を俳句史に残すのは鑑賞文以外にはないだろう。

秀句や名句は結局、歴史が決めるようだ。芭蕉であれ虚子であれ、多くの人が作品について語り続けてきたからこそ今有名になっている。散文で語られないと後世に韻文は残っていかない。

文学の評論は科学論文でないのだから、客観的に作品を評価する解説・鑑賞・批評はできない。評論も全て評論家の主観であると、批評の神様と呼ばれた小林秀雄は断言する。多くの主観に依拠する評論が書かれて、俳句作品は後世に残っていく。

俳句は作品が全てである。俳句史・俳壇史・評伝・俳句の論という一見、評論のように見える文章は、作品の良さを伝えることはできない。秀句の良さは評伝的事実の羅列では伝えられない。

俳壇というのは限られた有名な俳人だけで成立しているのではなく、多くの俳人によって成立している。忘れられゆく俳人・作品を、後世に残っていくように伝えることが評論の大切な使命だと思う。

令和六年三月三日

坂口昌弘

◆引用文中、現代においては不適当と思われる差別的語句があるが、原文の歴史性を考慮し、そのままとした。

（編集部）

坂口昌弘の俳人論集と取り上げた俳人一覧

他にも「忘れ得ぬ俳人」として論ずるべきと思う人がいれば、過去の論集で取り上げた俳人を参照してほしい。

『句品の輝き――同時代俳人論』(二〇〇六年)
森澄雄／金子兜太／津田清子／飯田龍太／加藤郁乎／黛執／有馬朗人／鷹羽狩行／稲畑汀子／
山上樹実雄／鍵和田秞子／宇多喜代子／姜琪東／黒田杏子／秋山巳之流／角川春樹／
中原道夫／正木ゆう子／長谷川櫂／櫂未知子／黛まどか

『ライバル俳句史――俳句の精神史』(二〇〇九年)
幸田露伴と正岡子規／夏目漱石と芥川龍之介／高浜虚子と河東碧梧桐／
松根東洋城と荻原井泉水／種田山頭火と尾崎放哉／飯田蛇笏と原石鼎／
久保田万太郎と日野草城／杉田久女と橋本多佳子／水原秋櫻子と山口誓子／
山口青邨と阿波野青畝／川端茅舎と野見山朱鳥／相生垣瓜人と百合山羽公／
山口草堂と石川桂郎／三橋鷹女と石橋秀野／高浜年尾と星野立子／西東三鬼と高屋窓秋／
永田耕衣と橋閒石／中村草田男と加藤楸邨／秋元不死男と平畑静塔／富澤赤黄男と細谷源二／
芝不器男と篠原鳳作／大野林火と角川源義／松本たかしと京極杞陽／細見綾子と桂信子／

石田波郷と能村登四郎／渡辺白泉と片山桃史／中村苑子と高柳重信／佐藤鬼房と三橋敏雄／沢木欣一と石原八束／塚本邦雄と寺山修司／桑原武夫と小林秀雄

『平成俳句の好敵手——俳句精神の今』（二〇一二年）
後藤比奈夫vs.和田悟朗／森　澄雄vs.金子兜太／眞鍋呉夫vs.宗　左近／鷲谷七菜子vs.津田清子／廣瀬直人vs.福田甲子雄／加藤郁乎vs.角川春樹／大峯あきらvs.有馬朗人／黛執vs.山上樹実雄／宗田安正vs.齋藤愼爾／稲畑汀子vs.山田弘子／鍵和田秞子vs.池田澄子／矢島渚男vs.茨木和生／宇多喜代子vs.黒田杏子／姜　琪東vs.李　正子／宮坂静生vs.大串　章／大木あまりvs.寺井谷子／辻　桃子vs.西村和子／橋本榮治vs.能村研三／高野ムツオvs.中原道夫／岩岡中正vs.三村純也／奥坂まやvs.正木ゆう子／片山由美子vs.対馬康子／小澤　實vs.長谷川　櫂／佐怒賀正美vs.稲畑廣太郎／石田郷子vs.黛まどか／櫂　未知子vs.仙田洋子／岸本尚毅vs.小川軽舟／中岡毅雄vs.林誠司／堀本裕樹vs.髙柳克弘

『文人たちの俳句』（二〇一四年）
夏目漱石／寺田寅彦／永井荷風／竹久夢二／平塚らいてう／初代・中村吉右衛門／久保田万太郎／佐藤春夫／吉屋信子／宮沢賢治／三好達治／五所平之助／大久保橙青／松本清張／檀　一雄／木下夕爾／安東次男／瀬戸内寂聴／山中智恵子／結城昌治／吉村　昭／藤沢周平／渥美　清／小沢昭一／江國　滋／寺山修司／松本幸四郎

『毎日が辞世の句』（二〇一八年）

井原西鶴／松尾芭蕉／与謝蕪村／小林一茶／夏目漱石／正岡子規／高浜虚子／飯田蛇笏／武者小路実篤／杉田久女／水原秋櫻子／川端茅舎／橋本多佳子／三橋鷹女／永田耕衣／中村草田男／山口誓子／加藤楸邨／能村登四郎／石田波郷／桂　信子／森　澄雄／佐藤鬼房／野澤節子／飯田龍太／上田三四二／河野裕子

著者紹介

坂口昌弘（さかぐち・まさひろ）

著　書

『句品の輝き――同時代俳人論』文學の森（2006年）

『ライバル俳句史――俳句の精神史』文學の森（2009年）

『平成俳句の好敵手――俳句精神の今』文學の森（2012年）

『文人たちの俳句』本阿弥書店（2014年）

『ヴァーサス日本文化精神史――日本文学の背景』文學の森（2016年）

『毎日が辞世の句』東京四季出版（2018年）

『俳句論史のエッセンス』本阿弥書店（2019年）

『秀句を生むテーマ』文學の森（2022年）

受賞歴

2003年　第五回俳句界評論賞（現在の山本健吉評論賞）

2010年　第十二回加藤郁乎賞（受賞作『ライバル俳句史』）

2018年　第十回文學の森賞大賞（受賞作『ヴァーサス日本文化精神史』）

2024年　第十六回文學の森賞準大賞受賞（受賞作『秀句を生むテーマ』）

選考委員歴

俳句界評論賞（第15回）

山本健吉評論賞（第16回～第18回、第24回～）

加藤郁乎記念賞（第1回～）

日本詩歌句協会大賞評論・随筆の部（第8回～）

現在　NPO法人 日本詩歌句協会 副会長

現住所　〒183-0015 東京都府中市清水が丘 2-11-20

忘れ得ぬ俳人と秀句｜わすれえぬはいじんとしゅうく

2024年5月15日　第1刷発行

著　者｜坂口昌弘

発行者｜西井洋子

発行所｜株式会社東京四季出版

〒189-0013 東京都東村山市栄町 2-22-28

電話 : 042-399-2180／FAX : 042-399-2181

shikibook@tokyoshiki.co.jp

https:// tokyoshiki.co.jp/

印刷・製本｜株式会社シナノ

定価はカバーに表示してあります。

ISBN 978−4−8129−1133−4